O sucesso

A marca FSC® é a garantia de que a madeira utilizada na fabricação do papel deste livro provém de florestas que foram gerenciadas de maneira ambientalmente correta, socialmente justa e economicamente viável, além de outras fontes de origem controlada.

Adriana Lisboa

O sucesso

Contos

Copyright © 2016 by Adriana Lisboa

Grafia atualizada segundo o Acordo Ortográfico da Língua Portuguesa de 1990, que entrou em vigor no Brasil em 2009.

Capa
Milena Galli

Preparação
Eduardo Rosal

Revisão
Clara Diament
Carmen T. S. Costa

Os personagens e as situações desta obra são reais apenas no universo da ficção; não se referem a pessoas e fatos concretos, e não emitem opinião sobre eles.

Dados Internacionais de Catalogação na Publicação (CIP)
(Câmara Brasileira do Livro, SP, Brasil)

Lisboa, Adriana
O sucesso : contos. Adriana Lisboa. – 1ª ed. – Rio de Janeiro : Alfaguara, 2016.

ISBN 978-85-5652-018-0

1. Contos brasileiros. I. Título.

16-04494   CDD-869.3

Índice para catálogo sistemático:
1. Contos : Literatura brasileira   869.3

[2016]
Todos os direitos desta edição reservados à
EDITORA SCHWARCZ S.A.
Rua Cosme Velho, 103
22241-090 — Rio de Janeiro — RJ
Telefone: (21) 2199-7824
Fax: (21) 2199-7825
www.objetiva.com.br

para Andrea Matriciano

And what you do not know is the only thing you know
And what you own is what you do not own
And where you are is where you are not.

[*E o que você não sabe é a única coisa que sabe*
E o que possui é o que não possui
E onde está é onde não está.]

T.S. ELIOT

Sumário

O enforcado	11
Aquele ano em Rishikesh	31
O sucesso	43
A mocinha da foto	53
Oval com pontas	61
Feelings	69
Circo Rubião	89
O escritor, sua mulher e o gato	113
Glória	149
Contos publicados anteriormente	171

O enforcado

Hoje em dia já quase não venho mais ao Largo do Machado. Esses aparelhos de ginástica com que dou de cara ao sair do metrô, por exemplo, não conhecia, e acho que foram colocados aqui na praça já faz alguns anos. Lembro-me de ter lido qualquer coisa a respeito no jornal. Hoje, com a chuva fina e gelada que cai, ao que parece ninguém se animou a vir se exercitar. As mesas de cimento onde sempre via os velhos jogando damas e cartas também estão desocupadas. Os pombos procuram abrigo onde podem. A igreja espia, lá do fundo, altiva e triste.

O trânsito circunda a praça, um lento escorrer de ônibus e carros, mas a praça em si parece estranhamente desabitada para além da trilha irregular de gente indo para a estação de metrô ou saindo dela, os guarda-chuvas desviando uns dos outros.

Dou pela falta das ciganas. Na época em que morei aqui, costumavam ficar na praça se oferecendo para ler sua mão ou adivinhar seu futuro nas cartas. Na época, elas me irritavam. Hoje acho que teriam até me dado certo reconforto, como uma prova de que o meu passado não se esfarrapou de todo.

É muito raro passar por aqui. Atualmente moramos no Recreio e nossa vida é toda por lá, meu trabalho e o da minha mulher, a escola das crianças. Antes disso teve a longa temporada em Belo Horizonte. Mas nos anos 1980 morei num apartamento de quarto e sala aqui perto, na rua Bento Lisboa. Não foram tempos muito fáceis, a vida era dura. Fiz bem em aceitar o emprego em Belo Horizonte.

Penso em ir até a portaria do meu antigo prédio ver o que mudou nas décadas que se passaram — nesta cidade, algumas coisas começaram a mudar com rapidez desleal, às vezes não acompanho. Mas a chuva me faz desistir. Enfio o pé, desatento, numa poça d'água, minha meia fica encharcada. Merda.

Lembrar-me das ciganas me remete à minha namorada daqueles tempos, Simone, que se interessava por tarô. Sempre achei esse tipo de coisa uma grande bobagem, mas mesmo assim havia um conforto doméstico em vê-la tirar o baralho da caixinha já gasta, remexer nas cartas, colocar algumas em cima da mesa, virá-las para lá, para cá, mudá-las de lugar. Havia umas imagens curiosas. De vez em quando, ela erguia os olhos das cartas e me fitava meio de banda. Mas o que quer que as cartas lhe informassem a meu respeito era sem a minha chancela.

Simone dizia que tinha antepassados ciganos. Não sei se era verdade. Ela era meio maluca, verdade seja dita. Vê se pede pras suas primas pararem de encher o saco de quem passa ali no Largo do Machado, eu disse uma vez à minha suposta cigana. Não são minhas primas, ela me respondeu.

Nossa história foi uma história triste. Não nos separamos em bons termos. Tenho minha parcela de responsabilidade, mas a Simone era dramática demais. Tudo era sério, tudo era sim ou não, branco ou preto, ela não conhecia meio-termo. Fiquei sabendo por alto, anos depois, da sua morte num acidente de carro. Parece que aconteceu não muito tempo depois que nos separamos. Ela era ainda tão jovem. Não costumo revisitar esse assunto, não me faz bem, mas voltar ao Largo do Machado (frequentávamos a Adega Portuguesa, íamos sempre comprar esfirras e tabule no árabe da Galeria Condor, ela gostava de comprar saias indianas na butique Meu Cantinho) retorce alguma coisa no meu coração.

A chuva aperta. A meia encharcada dentro do sapato me incomoda. Espero até chegar à portaria do prédio aonde fui levar os documentos. Podia ter resolvido isso dos documentos de outro jeito, mas espero que a promoção saia até o fim do ano e até lá tenho que bajular o chefe. Sento num banco ali na portaria, tiro o sapato e a meia, torço a meia, calço de volta. Meu pé continua molhado, mas agora pelo menos já não afunda numa poça d'água a cada passo. O porteiro do prédio me observa.

Demoro mais do que pretendia com o cliente. Sei que agora, no fim da tarde, e ainda por cima com a chuva, o metrô vai estar um inferno. Resolvo fazer hora por ali, talvez comer alguma coisa, tomar um chope. A ideia de chegar em casa mais tarde não é ruim. Nem sei dizer quando foi que me tornei tão cativo da rotina, mas juro que foi involuntário. Penso na estranheza disso. De a gente se solidificar na apatia dessa linha de produção. E ainda ter que bajular o chefe.

Telefono à minha mulher e aviso que vou para casa um pouco mais tarde, que resolvi esperar passar a hora do rush porque ainda estou no Largo do Machado e com chuva, ela sabe como é. Eles não precisam me esperar para jantar.

Considero ver se está passando alguma coisa que preste no cinema São Luiz (quando eu morava ali tinha também o cinema na Galeria Condor, que depois virou igreja evangélica e hoje não faço ideia do que seja). Vou caminhando sob a marquise dos edifícios, passo por um menino distribuindo papeizinhos. Compro ouro ou coisa que o valha, imagino, mas quando pego um dos papeizinhos a coincidência me surpreende: Consultas de tarô. Orientação no amor, estudo espiritual, respostas para suas dúvidas imediatas.

Chego a sorrir. Vai ver as ciganas que antes andavam pela praça também melhoraram de vida e têm agora consultório privado. Leio o endereço, fica no velho prédio da Galeria Condor, Largo do Machado, número 29.

Paro ali na entrada, diante da galeria. Que diabo, não estou fazendo nada, mentira por mentira dá no mesmo ir ao cinema ou tirar tarô, não? Quem sabe não é também um modo de fazer uma homenagem, ainda que tardia, à Simone. Que era meio maluca mas não era má pessoa e não merecia ter a vida interrompida tão tragicamente, tão cedo. Resolvo ir procurar a sala. Tomo o elevador até o quarto andar.

Abre a porta uma garota bonita e bem vestida que não lembra em nada as ciganas de duas décadas atrás, e automaticamente ajeito o cabelo, o colarinho da camisa. Explico que gostaria de uma consulta, será que ela estaria disponível?

Quando?, ela pergunta.

Agora mesmo, se possível, respondo. Moro longe, no Recreio, mas peguei na rua aqui perto um papelzinho com seu anúncio e me interessei.

No momento estou com uma cliente, ela diz.

Posso esperar.

É verdade, posso esperar, mas mais do que isso, acontece que de repente se tornou estranhamente importante que aquela garota bonita leia o que quer que haja para ser lido a meu respeito no tarô.

Ainda vai demorar um pouco. Meia hora, quarenta minutos, ela diz.

Olho ao redor. A sala de espera é minúscula e sem janela, mas há uma pilha de revistas num canto, ao lado de uma vela e um vaso com flores de plástico. Uma coisa de ferro na parede representando um sol e uma lua. Um vago cheiro de incenso.

Fico aqui lendo um pouco, se você puder me atender em seguida.

Tudo parece perfeitamente profissional. As frases: gostaria de uma consulta, estou com uma cliente, se você puder me atender em seguida. Sento-me na poltrona preta de couro falso, pego uma revista, começo a folhear sem prestar atenção. Vejo pilhas organizadas de cartões de visita: outras pessoas oferecendo terapias alternativas ali na salinha. Toda quarta à noite, meditação transcendental. Certo, eu não imaginava que consultas de tarô dessem conta de pagar o aluguel.

Minha consulta dura uma hora. Assino um cheque e saio dali transfigurado. Não me lembro de muita coisa do que foi dito, à exceção dos comentários sobre uma carta particularmente interessante, o enforcado (na verdade um sujeito pendurado de cabeça para baixo, amarrado por um dos pés). Segundo a taróloga — Renata —, a carta indica uma situação de sacrifício pessoal por algo valioso: palavras como destino, iniciação, indecisão e renúncia ainda flutuam na minha cabeça como cupins ao redor de um poste de luz quando deixo o prédio. Plano bem concebido que fica na teoria, diz também a Renata. Perdas, impotência, esse seria o aspecto negativo da carta. Por outro lado, há todo um aspecto muito positivo, possibilidade de mudança de vida, paz interior.

Saio de lá sonhando com mudança de vida e paz interior. Mais do que isso, saio de lá sonhando com a Renata.

Eu e minha mulher tivemos as nossas crises, algumas delas bem sérias, mas já faz algum tempo que nos ajeitamos sem maiores ruídos, pelo bem das crianças. Estamos casados há doze anos, exatamente o número da carta do enforcado no tarô — penso, eu que sempre achei esse tipo de coisa uma grande bobagem. Mas de repente, de uma hora para outra, estou aqui fazendo planos para marcar nova consulta com a taróloga Renata, para voltar ao Largo do Machado na primeira oportunidade, enquanto chacoalho no metrô até a estação Cantagalo.

Deixei o carro na garagem da minha irmã, em Copacabana. Nem subo para me despedir dela. Ponho uma música para tocar e vou pensando na Renata no longo trajeto desde o Corte do Cantagalo até a avenida das Américas, ainda estou pensando nela quando entro na minha rua, estaciono o carro na minha vaga de garagem, chamo o elevador e desembarco no meu andar, ainda estou pensando nela quando abro a porta de casa.

Na minha segunda consulta, quinze dias depois, quero falar mais de mim. Quero que a Renata me conheça. Na primeira, fui reticente, fiz perguntas genéricas às quais ela deu respostas genéricas. Agora, quero arrancar a minha alma de trás da pele e desenrolar para a Renata, tome, explique isto, por favor — e não precisa devolver depois. Por mim, ela pode estender minha alma no chão e pisar em cima, se quiser.

Essa consulta leva quase duas horas. Aparecem em posições significativas a carta do mundo (desafio de enxergar algo que precisa ser encerrado) e a da torre (momento iminente em que será preciso derrubar velhas estruturas). Renata está com os cabelos soltos, dessa vez, cabelos negros e compridos como os da cigana que ela não é. Usa grandes argolas de prata e uma camiseta que delineia os seios, parecem bonitos. Está mais sexy do que da outra vez, e quero acreditar que não é por acaso.

No fim da consulta, ela me pergunta se eu gostaria de mais uma xícara de chá e obviamente que aceito, enquanto ainda debato comigo mesmo se devo ou não convidá-la para comer qualquer coisa ali perto. Ela traz a chaleira com água quente e a caixinha com saquinhos variados de chá. Depois traz também um pratinho com passas. Concluo que é melhor deixar o convite para a próxima consulta, hoje seria precipitado. De todo modo, temos tempo para conversar um pouco.

Então, ela diz, voltando a se sentar e ajeitando o cabelo atrás da orelha. Por que foi que você se interessou pelo tarô?

Ah, é uma longa história, respondo. Tive uma namorada, faz muitos anos — mais de vinte anos. Quase trinta, na verdade. Ela gostava de tarô, não era profissional, mas gostava de tirar para si mesma, para os amigos. Eu confesso que achava uma bobagem, achava que a pessoa ouvia o que queria ouvir nas tais consultas. Por exemplo, se a carta dissesse "é preciso derrubar velhas estruturas", a pessoa sempre conseguiria encaixar isso no contexto da própria vida, era o que eu pensava.

Mas não pensa mais?

Você mudou a minha opinião sobre o tarô, digo, cheio de ímpeto. Quando estive aqui pela primeira vez eu ainda vinha com todo esse ceticismo, mas agora estou vendo as coisas de modo diferente.

E por que veio, então, da primeira vez? Já que achava o tarô uma bobagem?

Essa minha ex-namorada, nós tivemos uma relação difícil, no fim. Brigas feias, coisas de que não tenho nenhuma saudade. Depois fiquei sabendo que ela tinha morrido num acidente de carro. Ela era muito nova, ainda.

Ah — que tristeza, lamento.

Os olhos amendoados da taróloga aterrissam nos meus. Ela parece tão doce.

Pego uma das passas do pratinho, levo à boca, mastigo. Doce. A aliança de ouro em minha mão esquerda incomoda.

É muito raro eu vir ao Largo do Machado hoje em dia, continuo. Minha vida é toda lá pelo Recreio e pela Barra, mas naquela tarde, há duas semanas, calhou de ter que vir até aqui a trabalho e fiquei pensando muito na Simone. Era esse o nome da minha ex-namorada, Simone. Quando um garoto me entregou o folheto com a sua propaganda na rua, achei que devia vir, que era um modo de prestar uma homenagem a ela. Não sei. É como se alguma coisa tivesse tomado a decisão por mim.

Renata se levanta, vai até a janela que dá para a praça.

A gente nunca sabe o motivo de certas decisões, ela concorda comigo. É como se fossem mesmo tomadas não por nós, mas por alguma entidade, algo externo à gente.

Levanto-me e me aproximo dela.

Preciso te dizer uma coisa, Renata. Desculpe se vai parecer meio súbito. Mas não consigo tirar você da cabeça desde que estive aqui pela primeira vez.

Ela não se vira para mim. Vejo-a de perfil e é óbvia a tensão em seu rosto. A situação não é simples, ela sabe que sou casado, mas não quero parecer leviano, como se fosse só mais um cara a fim de levá-la para a cama (imagino que deve haver muitos, aliás nem sei se ela é comprometida com alguém, deve ser). Estou genuinamente interessado na Renata, embora além disso nada mais esteja claro para mim.

Volto a pensar na carta do enforcado, a de número doze — volto a pensar em destino, indecisão, renúncia, sacrifício, possibilidade de mudança de vida.

Como ela é bonita. Passo a mão de leve pelos seus cabelos, ela não se afasta: promessa. Estou a ponto de beijá-la, mas então ela volta para junto da mesa, começa a guardar o baralho.

Também tenho pensado muito em você, diz, sem me fitar nos olhos. Mas é preciso respeitar o tempo das coisas, tudo está acontecendo depressa demais. Acho melhor você ir embora, agora, e combinamos de nos reencontrar um pouco mais adiante. Há tantas coisas na minha própria vida pessoal que preciso definir, tantas coisas.

Você me telefona? Adoraria que telefonasse, digo.

Deixo o número do meu celular e, ao descer, flutuo no elevador como se fosse um menino. Vou voltar, é claro, para mais uma consulta, o quanto antes. Voltaria amanhã, se pudesse. Voltaria dali a meia hora.

Renúncia, sacrifício, indecisão. Entro em casa e naquela noite faço amor com a minha mulher pensando furiosamente na Renata. Aliás, não faço amor nenhum, tento identificar o amor no gesto mas depois de doze anos nosso amor virou uma digressão. Empresa Casamento Ltda., pelo bem das crianças. Quando exatamente é que a gente assina embaixo disso? Ou será que não assina, necessariamente — será que o de acordo é dado à nossa revelia, mais uma decisão que alguma coisa toma por nós?

Minha situação é a mais comum do mundo, e eu sei. Sou mais um cinquentão de saco cheio da vida e da família, louco de vontade de experimentar algo diferente. Mas será que a minha mulher também não está de saco cheio?, eu me pergunto. Deve estar. Impossível não estar.

Penso no tarô, mais uma vez, quando acordo — momento iminente em que será preciso derrubar velhas estruturas, disse a carta da torre. Tudo faz sentido. Preciso rever a Renata logo.

Três dias depois ela me telefona, à tarde, e me pergunta se tenho um minuto. Fecho a porta da minha sala.

Claro, podemos falar.

Estive pensando em nós dois. Acho que precisamos nos ver de novo, ela diz.

Sim, também acho.

Já vislumbro a Renata entre os meus braços. Quero conhecê-la, saber tudo a seu respeito, mas podemos começar assim, ela entre os meus braços. Lembro-me da camiseta colada no corpo. Penso nas minhas mãos correndo por ali. Aliás, correndo não, penso nas minhas mãos se demorando ali.

Sobre a camiseta, sob a camiseta, livrando-a da camiseta e do resto, com calma. Imagino o tecido raspando no bico do seu seio. Depois decidiremos o que virá em seguida.

Você pode vir me ver na próxima semana?, ela me pergunta.

Mas é claro, respondo. Claro que sim.

Na terça tenho clientes até as sete. Venha em seguida, teremos tempo. É possível?

Invento uma desculpa em casa e chego ao Largo do Machado com quase uma hora de antecedência, na data marcada. Difícil calcular o tempo que vai levar quando você se desloca no Rio de Janeiro, ainda mais quando tem que cruzar a cidade de uma ponta a outra. E eu não podia me dar ao luxo de chegar atrasado.

Ao contrário das minhas últimas duas visitas, hoje faz tempo bom. O Largo do Machado está de volta ao normal. As mesas de jogos estão todas ocupadas, uma dúzia de pessoas se reveza nos aparelhos de ginástica, há gente sentada nas bordas do chafariz desativado. Hordas de pombos sobre as pedras portuguesas. Não sei quem me contou, uma vez, que o nome Largo do Machado veio de um açougue que havia ali, com um grande machado na fachada, ainda no começo do século XIX. Lembro-me de que um pivete uma vez assaltou a Simone com um caco de vidro quando ela saía do banco 24 horas ali do lado do supermercado. Faço hora andando pela praça, confraternizando com as coisas, penso mais uma vez em ir ver o meu antigo prédio e mais uma vez desisto: o meu passado não tem graça. Sobretudo hoje. Prefiro parar e ficar assistindo a um jovem tocando saxofone, durante uns instantes. Isso não se via quando morei ali. O Largo do Machado está bem mais ajeitadinho do que na minha época, mesmo com o mendigo dormindo junto ao chafariz. Em certas partes do Rio de Janeiro você se acostuma com os mendigos dormindo na rua, vai fazer o quê. Compro flores para a Renata num dos quiosques.

Espero passar um pouco das sete horas e subo.

Que bom que você veio, ela diz, ao abrir a porta.

Foi ótimo você ter ligado, respondo.

Entrego-lhe as flores e a abraço demoradamente, sinto seu perfume, mas sei que preciso ir com calma. Intuo que com a Renata é assim.

Hoje não temos o baralho do tarô entre nós. A essa altura, porém, já até comecei a pensar nas cartas como cúmplices. Estou pronto para mudar de vida. Poderia ser um adolescente com uma mochila nas costas e uma passagem só de ida para algum lugar na mão.

Renata me oferece o chá habitual, traz a chaleira com água quente e a caixinha com os envelopes para que eu escolha. Sentamo-nos à mesa, o tarô silencioso em sua embalagem — o tarô fica embrulhado num pano de seda, dentro de uma caixa de madeira, como já observei antes.

Cubro a mão da Renata com a minha. Ela não recua. Começa a falar de sua vida, a voz doce rimando com os olhos doces. Fala durante um bom tempo. Conta do trabalho, depois finalmente do coração. Tem alguém, como eu imaginava: um namorado de alguns anos, mas as coisas não vão bem entre os dois. Desde que entrei ali para minha primeira consulta, diz, sentiu uma conexão especial entre mim e ela.

Mas já me envolvi com um homem casado antes e sofri muito, ela adverte.

Vamos para a cama primeiro, depois pensamos no resto, tenho vontade de lhe propor. Estamos no Rio de Janeiro, no século XXI, a gente precisa fazer o test drive das relações antes de pensar em qualquer outra coisa, não? Em vez disso, digo que sou casado faz doze anos e não é um casamento feliz. Já quase não há sexo entre mim e a minha mulher. Tantas vezes as pessoas continuam juntas só por causa dos filhos, acrescento. Sinto-me um imbecil ao dizer isso, mas ela faz que sim.

Era assim com esse outro homem com quem me envolvi. Gostei muito dele. Só que no fim ele preferiu continuar casado. A maioria prefere.

Outra história clássica, penso. Decido que vou me livrar dos clássicos de uma vez por todas, e vai ser já.

Tenho que tomar muito cuidado com os homens, diz a Renata, com um tom ligeiramente mais desafiador.

Sorrio. Garota adorável.

Não precisa tomar cuidado comigo, digo.

Você é casado. A história é a mesma.

Casamentos não são para sempre. Quem sabe o que o dia de amanhã vai trazer?

Me fala da sua mulher.

Ah. Eu preferia continuar falando de você.

Não, não, me fala dela. O que ela faz da vida, por exemplo.

É esteticista. Tem uma pequena clínica de estética no Recreio.

Deve ser bonita. Esteticistas estão sempre se cuidando.

Ela não é feia, mas de todo modo isso não importa.

Eu acho que sou muito ingênua com os homens, ela diz. Me envolvo rapidamente, me decepciono com a mesma rapidez.

Mas pode confiar em mim. É diferente. Estou interessado em você de verdade, não sou como aquele outro sujeito.

Ela sorri também, cobre nossas mãos com a outra mão. Afago-a. Acaricio seu pulso. Sinto seus ossos, a textura de sua pele fina.

Minha mãe, ela me diz. Minha mãe também era ingênua com os homens. Com você, por exemplo, ela foi uma idiota.

Recuo diante da afirmação estranha. A mãe dela, uma idiota comigo?

Ela morreu por sua causa, Renata continua. Mas você não sabia disso, é claro. Ela estava grávida quando você a deixou e sumiu.

Sua mãe estava grávida?

Sim, minha mãe, Simone, que gostava de jogar tarô, não foi o que você me disse? Que morreu num desastre de carro há muitos anos.

Recolho minha mão depressa, como se ela fosse uma gafe. De repente, está tudo errado. Plano bem concebido que fica na teoria.

Não sei se estou entendendo.

Não está? Explico, ela diz. Minha mãe estava grávida quando você se mandou sem deixar um único número de telefone.

Nossa relação estava muito ruim mesmo, difícil, eu não estava…

Mas isso não se faz. Você sabia que ela talvez estivesse grávida.

Renata abre a caixa do tarô, desembrulha o baralho, dobra com cuidado o pano roxo de seda. Embaralha as cartas e tira uma. Coloca sobre a mesa.

O louco, diz ela. O arcano sem número.

Se ela estava grávida, como você me diz, estava grávida — de você?

Ela morreu num acidente de carro, é o que dizem. A verdade é que ela se esborrachou de propósito. Por sua causa. E morreu, mas eu não. Ela estava grávida quando sofreu o acidente. Quando causou o acidente para matar a nós duas. Há exatos vinte e oito anos.

Não tenho para onde olhar, então fico olhando para a carta do louco invertida sobre a mesa.

Fui criada pela minha tia. Que tentou de todas as maneiras entrar em contato com você, sem sucesso. Você desapareceu.

A Simone era uma pessoa muito difícil. Eu já tinha tentado me separar dela antes, era sempre um drama, ela aparecia na portaria do meu prédio, me perseguia, e...

Você sabia que ela talvez estivesse grávida.

Fico em silêncio. As palavras se retiraram em debandada. É verdade o que a Renata me diz: a irmã da Simone me telefonou uma vez, de fato, assim que eu e ela nos separamos. Disse que era possível que a Simone estivesse grávida. Faltava fazer o teste, mas era possível. Naquele momento pensei, com desespero, na hipótese de criar um vínculo desses com a Simone, para sempre. Um filho com ela! Foi quando aceitei o emprego em Belo Horizonte. Anos mais tarde, me contaram que a Simone tinha morrido num acidente de carro, mas não estavam a par dos detalhes e eu também não queria saber. Primeiro foi o choque, depois, confesso, certo alívio. Não devia haver criança nenhuma, do contrário eu teria ficado sabendo. Não teria? A gente sempre acaba sabendo dessas coisas, cedo ou tarde, não? Cedo ou tarde.

O louco é o arcano sem número, diz a Renata, depois do meu longo silêncio. Às vezes lhe atribuem o número zero. O zero é o número que não altera nenhuma adição. Na multiplicação, ele transforma tudo em si mesmo. Absorve os outros números. Veja aqui, no baralho que eu uso, o louco caminha sem saber para um precipício. Mas é uma boa carta. Gosto muito do louco. Está vendo que leva uma flor na mão esquerda? Isso significa que sabe apreciar a beleza. E esse seu andar descuidado e alegre é como o de uma criança à vontade no mundo. Veja que leva também um cajado, que pode representar a renúncia e a sabedoria. O louco sempre esteve fora das normas sociais, sempre pôde dizer e fazer o que lhe passa pela cabeça.

Ela desliza o dedo pelas bordas da carta. As unhas bem-feitas.

Penso na carta de número doze, o enforcado, o homem pendurado naquela posição incômoda, de cabeça para baixo, amarrado por um dos pés. Há um estouro lá fora, na rua, e pela janela vejo os pombos em revoada.

Depois me vem uma ânsia de vômito fortíssima, e é somente então, olhando para a minha xícara vazia e para a xícara da Renata, ainda cheia até a borda, que compreendo toda a gravidade do meu erro. Corro para a porta, que está destrancada, e dali para o elevador, que demora a chegar. Quando abrem as portas, está vazio.

Aperto o botão do térreo. Sinto dores lancinantes no estômago. Preciso que alguém me leve com urgência ao pronto-socorro mais próximo. Cambaleio pela galeria, e quando chego à calçada ainda consigo ver um menino distribuindo papeizinhos: Compro ouro, pago na hora. As pessoas estão olhando para mim. Depois disso o Largo do Machado fica escuro feito breu, e já não enxergo mais nada, nem os pombos, nem os velhos, nem os quiosques de flores, nem as ciganas — mas essas já foram embora dali faz tempo.

Aquele ano em Rishikesh

I look at the world and I notice it's turning.
George Harrison

Foi quando eu estava tentando tocar "While My Guitar Gently Weeps". Dos quatro, George sempre foi o meu Beatle. Sinto que poderíamos ter sido grandes amigos, exceto pela coisa de ele ser Hare Krishna, que hoje em dia soaria meio ultrapassado e acho que não faria muito sucesso. Mas dá para entender que naquela época fosse bacana o lance místico indiano, era novidade, era diferente, era uma alternativa a tudo o que estava ali e que talvez ainda esteja aqui, mas ao que parece já não incomoda tanto.

Eu o admirava também por ele ser um Beatle quieto, com aquele jeito caladão de quem recuou alguns passos, virou uma espécie de espectador, enquanto as outras pessoas coaxam e pulam por aí feito sapos hiperativos. John era o cara para os momentos de raiva. Paul era o cara para os momentos de dizer bom dia, sol. Ringo era o cara que vinha se solidarizar comigo quando eu estava me sentindo meio por baixo, já que na companhia de Ringo nada podia ser levado muito a sério. E George era George, quieto — L'Angelo Misterioso. Perguntaram-lhe num programa de tevê se ele era, dos quatro, o cara que conseguia mais garotas, porque garotas gostam de homens assim, quietos, com uma aura de mistério. George disse que não, que dos quatro o que conseguia mais garotas era Paul.

Que merda George ter morrido tantos anos antes. Sim, que merda também por John, claro, mas havia alguma coisa no fato de George ter morrido de câncer no pulmão, depois de ter se curado de um câncer na garganta — dizem que ele sofreu o diabo com o câncer que acabou com ele por fim, e que seu médico um dia levou a família (dele, médico) para visitá-lo e todos começaram a cantar e fazer uma barulhada e George, mal conseguindo respirar direito, pediu por favor parem de falar. E que o médico fez George autografar uma guitarra para o filho. E George disse nem sei se ainda sei assinar meu nome, e o médico soletrou. Vamos lá, você consegue. G E O R.

John topou com seu *instant karma* ao sair de casa certo dia. O karma de George não teve nada de *instant*. Foi coisa de torturador chinês. Mas acho que os Hare Krishna acreditam em reencarnação e acho justo que a existência e a pós-existência de cada um seja conforme aquilo em que a pessoa acredita, então pode ser que George reencarne de uma forma sensacional depois dessa.

Embora — sejamos honestos: que outra forma de vida mais sensacional pode haver depois que o sujeito encarna como Beatle e compõe "While My Guitar Gently Weeps"? Talvez George reencarne como outro tipo de Beatle num outro planeta ou dimensão onde não existam coisas como câncer e, consequentemente, oncologistas e nomes soletrados para um autógrafo numa guitarra. (Deviam soltar Mark Chapman e colocá-lo no encalço desse médico.)

Eu estava no quarto da minha avó. Ela já estava num estágio da sua doença em que se irritava com facilidade, vivia confusa, às vezes começava uma frase e parava no meio. Foi mais ou menos seis meses antes que ela morresse e cinco anos depois que fizeram o diagnóstico.

Minha avó tinha oitenta e dois anos. Ela não gostava de ficar sozinha. Tinha perdido muito peso e eu ficava impressionado com a espessura dos seus punhos e tornozelos. Sobretudo os tornozelos. De uma hora para outra ela havia murchado, havia secado como ameixas deixadas por tempo demais na geladeira, a pele dela tinha virado uma superfície parecida com a bolsa de couro falso que minha mãe comprou no camelô no centro da cidade com as iniciais MK que acho que pertencem a um cara da moda. E eu olhava para a minha avó e pensava em George e em por que as pessoas são obrigadas a continuar vivendo quando visivelmente já não há mais graça nenhuma nisso.

Quando oncologistas do mal vêm soletrar o seu nome para que você possa autografar a guitarra do filho deles. Quando a pessoa já não consegue mais saber o que fez hoje de manhã e tem dificuldade até para reconhecer o único neto — eu, no caso da minha avó. O karma da minha avó também não tinha nada de *instant*.

E ela não gostava de ficar sozinha, então, quando a moça que cuidava dela estava de folga e minha mãe não estava em casa, eu ia para o seu quarto. As cortinas tinham que ficar permanentemente fechadas porque ela achava que alguém no prédio em frente estava tentando espioná-la, espionar nossa família. E eu explicava que ninguém estava tentando espionar a gente, e minha avó sacudia a cabeça e dizia, eu sei o que fizeram com a Cristina. A Cristina morreu. Eles mataram. Eu não sabia quem era Cristina e ela também não explicava mesmo que eu perguntasse. Às vezes começava a explicar e parava no meio, mas não de repente, a voz ia ficando cada vez mais distante como um trem que você vê se afastando até sumir numa curva. Ou então ela chorava, um choro baixinho, que você quase que só identificava pelo brilho que as bochechas magras dela adquiriam com as lágrimas, e eu ficava sem saber o que fazer. Mas logo em seguida ela esquecia que estava com o rosto todo molhado, segurava minha mão, me pedia para sentar ao seu lado e me dizia puxa como você cresceu, Artur. O amor que eu sentia por ela era uma fisgada, era uma torção dentro do peito, e eu colocava a outra mão por cima das nossas mãos e dizia vó, meu nome não é Artur.

Num desses dias, levei a guitarra e o amplificador para o quarto dela, aquela penumbra meio acolchoada, era como se o ar ali dentro fosse mais espesso do que nos outros lugares. Não que fosse ruim. Depois de um tempo realmente ficava estranho, desconfortável, eu começava a me sentir claustrofóbico e tentava convencê-la a ir para a sala (às vezes ela ia. Às vezes eu ligava a tevê, mas ela não prestava atenção por mais do que cinco minutos). Mas no início tudo bem, era como se eu estivesse entrando no mundo da minha avó, um mundo fresco e mais escuro e com cheiro de Água de Rosas. Era quase possível pensar como ela, sentir como ela, compartilhar aquele espaço de confusão por trás do seu rosto que às vezes ficava sem expressão e ela ficava estranhamente parecida com um manequim de uma loja. Exceto pelo fato de que todos os manequins de todas as lojas têm vinte anos de idade.

Vó. Você se importa que eu toque?

Ela olhou para mim e disse hã?

Você se importa que eu toque? E levantei a guitarra um pouco mais alto.

Mas ela não respondeu, apenas suspirou e olhou para a janela como se a janela não estivesse tapada por uma cortina e como se lá atrás houvesse uma paisagem melancólica e inglesa.

Entendi aquilo como um tudo bem, liguei o amplificador, coloquei o volume bem baixo. Comecei com "While My Guitar Gently Weeps" do início, a base que George tocou na gravação do Álbum Branco (o solo foi de Eric Clapton, embora os créditos não apareçam no disco), cantarolando a melodia com uns pedaços de letra esgarçados aqui e ali.

Minha avó olhou para mim. Olhei para ela. Parei de tocar, achando que talvez a estivesse incomodando. Pensei em George morrendo e tendo que pedir à família de seu médico por favor parem de falar. Mas ela só ficou me olhando, sem dizer nada.

Continuei de onde tinha parado. Quando cheguei à parte do "I look at the world" etc., ela sorria e balançava a cabeça junto. Quando terminei, ela disse essa é a minha preferida.

A sua preferida?

Eu me lembro dele tocando essa música para a gente, aquele ano em Rishikesh.

Ele quem?

Menino, você sabe. George Harrison. George Harrison dos Beatles.

Eu me lembrei de quando minha avó disse que tinha namorado Tancredo Neves. Muito pouco do que ela dizia, agora, dava para ser levado a sério. Eu tinha a impressão de que tudo rodopiava ali dentro como se o seu cérebro fosse um grande liquidificador, e a pasta do que ela processava do mundo misturava passado, presente, sonhos, imaginação, filmes, livros, notícias de jornal, qualquer coisa. Ela podia ter sido a primeira mulher a pisar na Lua, podia ter vivido em Paris ou na Índia, sido motorista de ônibus, artista plástica, faxineira. Só não estava ao seu alcance aquilo que a doença já tinha roído da sua mente. O resto era como uma coleção de itens em prateleiras de um supermercado, que você tem liberdade para ir pegando sem qualquer critério, se quiser — ainda que passar no caixa seja outra história. Mas a doença era estranha, parecia preservar fatos grandiosos e antigos e roubar da minha avó justamente o que tinha mais utilidade. Ou talvez esse fosse um modo de ir anestesiando-a enquanto a arrancava, dia após dia, hora após hora, da vida.

George Harrison tocou essa música para você, vó?

Aquele ano que a gente passou em Rishikesh estudando com Sua Santidade, ela disse.

Fez uma pausa, vasculhou lá dentro.

Sua Santidade Maharishi Mahesh Yogi. Eu lembro que ele ria muito.

George Harrison ria muito?

Sua Santidade ria muito, ela disse, e riu também, e levou momentaneamente as mãos com as palmas unidas ao peito. Eu nunca tinha visto a minha avó fazer aquilo antes.

Você sabe tocar outras?, ela perguntou.

Outras músicas dos Beatles?

Ela fez que sim. Toquei todo o meu repertório, que era basicamente Beatles à exceção de "Band On The Run", que é vinte e cinco por cento Beatles também. E então ela me pediu que a ajudasse a ir para a sala, coisa rara, e se sentou na sua poltrona preferida, que apesar de tudo ela não esquecia qual era, ainda que às vezes não conseguisse se lembrar se gostava ou não de figos ou bananas. Em poucos minutos, cochilava.

Fui para o meu quarto um tanto catatônico, num misto de temor religioso e fascinação pela minha avó. Fui confirmar os dados e sim, Rishikesh era aquela cidade na Índia onde ficava o *ashram* de Maharishi Mahesh Yogi, onde os Beatles estiveram no fim dos anos 1960 e onde compuseram um monte de canções. Incrível que minha avó conseguisse associar a música que eu tinha tocado a tudo isso. E se lembrar da música, e que era de George e tudo mais. E se incluir na história, ainda por cima.

Minha mãe chegou do trabalho pouco depois, trazendo pão com excesso de bromato e ameaçadores envelopes com logotipos bancários no canto. Largou tudo em cima do balcão da cozinha, perguntou como estava minha avó.

Na sala, cochilando, falei. Mãe, você não vai acreditar na história que ela me contou hoje.

Preciso tomar um banho. E um remédio para dor de cabeça. Você me conta depois — e num gesto contínuo, fluido, ela foi até o seu quarto, atirou a bolsa em cima da cama e as iniciais falsificadas do cara da moda tilintaram, apanhou uma roupa que estava jogada por ali e foi para o banheiro. Eu escutei o chuveiro sendo ligado, e a pobre água cansada e clorada assumir a responsabilidade de lavar o dia da minha mãe de cima dela, do corpo dela, de sua alma. Haveria também produtos com cheiros especiais e embalagens que os faziam parecer mais caros do que eram.

Minha avó apareceu no corredor, o cabelo um pouco solto do coque, arrastando os pés nos chinelos felpudos que sempre ficavam meio tortos. Passou por mim, foi para o seu quarto, abriu o armário.

Menino, ela chamou, com sua voz pequena. Vem cá.

Fui até a porta.

Preciso apanhar uma coisa ali no alto. Atrás dessas caixas.

Subi na cadeira para alcançar o que ela queria. Removi caixas de formatos variados, nenhuma delas com uma função identificável no mundo, tirei sacolas com coisas de pano cheirando a mofo. Até encontrar uma caixa de sabonetes e ela me dizer é essa, dê aqui. As mãos da minha avó estavam esticadas e ligeiramente trêmulas — estavam quase sempre trêmulas, não havia nenhuma solenidade naquele momento, como poderia parecer. Da minha parte teria havido, se eu soubesse que ela ia revirar o conteúdo da caixa, com calma e dedos ossudos, sentada como um pequeno duende sobre a colcha amarela de sua cama, e tirar dali uma foto sua com George Harrison.

Ela me entregou a foto e disse Rishikesh. Balbuciou algumas coisas sobre Sua Santidade e também sobre Cynthia Lennon. George e minha avó usavam batas brancas, cabelos compridos e colares de flores cor de açafrão. Minha avó tinha uma bolinha vermelha entre as sobrancelhas. Podia ser a irmã mais velha de George.

Passamos a tarde do dia seguinte tocando e cantando, compartilhando histórias — algumas verdadeiras, outras não, mas que importância tinha? — sobre os Beatles. Passamos muitas outras tardes fazendo isso. Ela me dizia as músicas que queria que eu aprendesse, eu aprendia.

Até que um dia, sem aviso e sem drama, minha avó morreu. Não sei se ela sabia o meu nome ou se eu era apenas aquele rapaz que tocava suas canções preferidas na guitarra, um avatar do quarteto de Liverpool surgido como que por milagre no seu caminho. Um presente enviado do além pelo Maharishi? Minha avó já não precisava encontrar lógica nas coisas ou forjar lógica para as coisas que aparentemente não tinham nenhuma. O mundo era uma grande viagem, Lucy no céu com diamantes.

Depois que ela morreu, fomos arrumar seu armário. As roupas de algodão, os chinelos felpudos que ficavam sempre meio tortos nos seus pés.

O amontoado de sacolas e caixas. Minha mãe chorou, eu a abracei, e mais tarde, quando não havia público, chorei também. Guardei comigo a caixa de sabonetes onde havia alguns tesouros não identificáveis. Coisas que haviam feito sentido para a minha avó, coisas que haviam amaciado a sua vida com o conforto do acúmulo quando ela inocentemente havia acreditado que seria para sempre — como todos mais ou menos acreditamos, sendo a morte um fenômeno alheio.

Na caixa de sabonetes havia sua carteira de trabalho, cartas com caligrafia de uma época em que as pessoas estudavam caligrafia sob a tutela de freiras e padres, um vidro vazio de perfume. E algumas fotografias: à exceção daquela relíquia de Rishikesh, todas pareciam ser lembranças de família ou do ginásio, moças vagamente semelhantes a personagens de filmes antigos. Revirei as fotografias em busca de mais Beatles, não havia nada.

Uma delas, porém, me chamou a atenção. Minha avó era muito jovem. Quanto tempo teria a cena retratada ali? Ela estava de mãos dadas com um homem. Fazia sol e ambos franziam a testa e mesmo a foto estando envelhecida e desbotada não havia dúvidas: era Tancredo Neves. Olhei pela janela do quarto dela, sentado em sua cama com a colcha amarela. As cortinas estavam abertas e lá fora voavam pombos, num mundo estranhamente calmo, estranhamente comum.

O sucesso

Elas ainda não tinham experimentado, mas ambas sabiam, pelas propagandas, que os cigarros Hollywood eram sensacionais. Uma delas tinha uma colega de escola cujo pai publicitário assinava os anúncios dos cigarros Hollywood, aqueles em que as pessoas mais bonitas do mundo faziam coisas sensacionais em barcos e motos, ao som das melhores músicas do mundo: "Don't Stop Believing", do Journey; "Breaking All the Rules", do Peter Frampton. A filha do tal publicitário tinha uma fita cassete com todas as músicas. Lionel Richie, Asia, Whitesnake, Boston. O pai tinha gravado para ela. Era de morrer de inveja.

Elas ainda não tinham experimentado os cigarros Hollywood. Em breve experimentariam, e pouco mais tarde outras substâncias ainda mais hollywoodianas. Por ora, a conexão eram apenas as roupas da marca Hollywood Sportline que uma delas (a que vinha de uma família não muito dura, e frequentava a mesma escola da filha do publicitário) usava. As roupas não caíam bem em seu corpo pré-adolescente e disforme, um pouco acima do peso. A outra menina, também pré-adolescente e disforme, vinha de família bem dura. Ela era toda pernas brotando de um short curtíssimo, e seu corte de cabelo se inspirava no de Olivia Newton--John (também usava a faixa branca enroladinha na testa).

A tarde de domingo, verão no Rio de Janeiro, era tão pouco hollywoodiana. Pelo menos para as duas. Em casa, tudo era puro tédio, uma falta absoluta de propósito na tevê que exibia os mesmos programas a que já tinham assistido trezentas vezes, com poucas variações. Que estupidez ter doze anos de idade. Um mundo de criança para trás, os brinquedos recém-guardados na gaveta e uma facilidade no trato com as coisas e com as pessoas que havia desaparecido num estalo. Um purpurinado mundo adolescente diante delas, quase ao alcance da mão — mas ainda faltava. Ainda faltava. Aquele lugar onde elas estavam se chamava inferno. O inferno dos doze anos de idade. O corpo insubmisso, a realidade insubmissa. E as pessoas de verdade divertindo-se às toneladas com os cigarros Hollywood, em seus corpos adultos e bem-feitos aos quais as roupas Hollywood Sportline se ajustavam como luvas em vermelho, branco e azul.

A gente devia comprar um maço, disse a gordinha. Eu tinha vontade de saber que gosto tem.

Você tem dinheiro?, sua amiga perguntou.

Dia vinte recebo mesada.

Vamos jogar bola, a outra sugeriu.

Eram amigas de rua. Conheciam-se desde os sete anos de idade. Desde a embaraçosa época das bonequinhas. A de pernas compridas gostava de jogar futebol. A gordinha preferia vôlei, mas da última vez já tinha sido vôlei, e o acordo entre elas era alternar.

Olharam-se no espelho antes de sair. O espelho de corpo inteiro na porta do armário da gordinha. Ela ajeitou a franja. Penteou os cabelos longos, dos quais tinha um orgulho sincero. Sua amiga ajeitou o short, puxando o elástico da cintura para o alto a fim de mostrar um pouco mais as pernas, das quais tinha um orgulho honesto. Pegaram a bola e foram para a rua.

A gordinha achava futebol um esporte idiota. Unia-se à mobilização em torno dos jogos, por ora, porque ainda não queria ser tão diferente assim. De todo modo, até que achava Paolo Rossi bonitinho, mesmo que tivesse liquidado a seleção brasileira na segunda fase da Copa recém-perdida. E o Brasil ainda tinha a vantagem do empate, ela lamentava — mesmo em competições de esportes idiotas, é sempre melhor ganhar do que perder.

Sua amiga de rua, que era também a dona da bola, entendia tudo de futebol, graças a um maravilhoso irmão de quinze anos que a gordinha amava em segredo, e sem qualquer perspectiva de ser correspondida. Do alto de suas pernas compridas, a dona da bola comentava que o Brasil era o favorito, que tinha cem por cento de aproveitamento nos jogos até aquele dia trágico no Sarriá, enquanto a porcaria da Itália só tinha vencido um jogo — um jogo! — na Copa. Pô, a gente tinha Zico, Falcão, Sócrates, Júnior! Era a melhor seleção desde a Copa de setenta! A gordinha dava de ombros.

As duas desceram com a bola. A luz do início da tarde ofuscava, e a rua de paralelepípedos, onde raramente passava um carro, era de uma monotonia desanimadora. A vida parecia ser só a passagem do tempo, mais nada. A passagem lenta do tempo, para que roupas mal-ajustadas a corpos disformes demorassem bastante a ser algo diferente disso. Tudo o que era empolgante e valia a pena estava fora de alcance. Mas a linda voz de Steve Perry do Journey cantava "don't stop believing", e era preciso, portanto, continuar acreditando. Mesmo que isso fosse vago como a letra da música em inglês de que elas só entendiam essa frase, "don't stop believing". A garota de pernas compridas conseguia fazer cinquenta embaixadinhas. Sua amiga, não mais do que cinco.

Estavam na rua havia mais ou menos meia hora, batendo bola, usando o tal ópio do povo como ópio da pré-adolescência também, quando os dois garotos chegaram. Encostaram no poste de luz da esquina, ficaram ali. Conversando e olhando para elas de vez em quando. Conforme elas atestavam com o rabo do olho.

As duas se empertigaram. Peitos se estufaram para parecer mais desenvolvidos do que eram. Risadas altas viraram pura estratégia experimental de sedução. O talento da menina de pernas compridas para o futebol virou uma encarniçada demonstração de que era bela e desejável, mesmo que não fosse. O vago jeito com a bola que a gordinha talvez até tivesse, em algum lugar de suas pernas roliças cobertas pelo moletom vermelho da calça Hollywood Sportline, virou esforço valente para provar que era bela e desejável, mesmo que não fosse.

O sol castigava e a rua de paralelepípedos estava longe de ser o palco ideal para uma demonstração de intimidade com a bola, mas elas faziam o possível. Seu pensamento era quase idêntico: será que os dois garotos (catorze, quinze anos?) querem jogar também? É capaz de estarem ali com vergonha de se aproximar. Que bobagem! Meninos são tão bobos! (Mas pensavam isso com um sorriso.) Sem desviar os olhos em nenhum momento para os garotos apoiados no poste de luz, elas os encorajavam com a força magnética de sua excitação.

E a bola rolava, e a bola quicava desajeitada sobre os paralelepípedos. Durante a Copa, tinham enfeitado a rua. Uns restos de enfeite ainda se penduravam aqui, ali, no alto dos postes e das árvores. Os farrapos diziam Itália 3 × 2 Brasil, Paolo Rossi inaugurando o placar aos cinco minutos, Sócrates empatando com um passe brilhante de Zico, o toque lateral de Toninho Cerezo que acabou nos pés de Paolo Rossi — dois a um Itália, Falcão empatando e era só do empate que precisávamos, mas depois um escanteio (erro de arbitragem!) e Paolo Rossi marcando o terceiro. Era o que diziam aqueles restos de bandeirinhas verdes e amarelas e murchas.

Até que, num chute forte demais da menina gordinha, a bola foi parar onde as duas torciam para que em algum momento fosse mesmo parar: nos pés dos garotos apoiados no poste de luz.

Agora teriam que se falar. Agora os garotos teriam que dar um jeito na timidez, na vergonha, fosse o que fosse o que ainda os mantinha parados ali, e aquela estúpida tarde de domingo passaria a ter uma razão de ser.

O que eles fizeram, com surpreendente desenvoltura e nenhuma timidez, foi agarrar a bola e sair em disparada ladeira abaixo. Ei! gritaram as duas espectadoras, quase em uníssono. Entreolharam-se um pouco apatetadas. Até que a gordinha disse eles levaram a bola. E foi como se só então se dessem conta.

As duas correram também, no encalço dos meninos, um par de pernas longas e elásticas nuas, um par de pernas roliças cobertas pelo moletom vermelho, mas lá embaixo, ao pé da ladeira, a rua se bifurcava, e não dava para ver para onde os dois tinham ido.

A gente devia perguntar se alguém viu, disse a gordinha, ofegante. O porteiro de algum prédio.

Puta merda o meu pai vai me matar, a outra falou, ofegante também.

Vamos perguntar se alguém viu.

Mas nenhuma das duas se mexeu. O ruído de duas respirações desencontradas enchia os seus ouvidos. Arquejavam. A menina de pernas compridas olhou para um lado, para o outro, a faixa branca torta sobre a testa.

Deixa pra lá. A gente não vai conseguir mesmo. Alcançar eles.

Tem certeza?

Ela deu de ombros.

As duas viraram as costas. Devagar, como a torcida que vai abandonando cabisbaixa o estádio depois de uma derrota, começaram a subir a ladeira. Os paralelepípedos se isentavam de qualquer responsabilidade, alegavam sua inocência debaixo do sol. Na reta onde as duas meninas habitualmente jogavam bola, um fusca azul se arrastava, moroso, vindo em sua direção. Elas passaram para a calçada.

Dia vinte eu recebo a minha mesada, disse a gordinha. Vou pagar pela metade, tá bem?

O meu pai vai me matar.

O seu pai não precisa nem ficar sabendo. A gente junta um dinheiro e compra outra igual.

As duas voltaram para a casa da gordinha, recém-feridas por aquela decepção amorosa — a primeira de muitas. A gordinha liderou-as até a cozinha e preparou dois pães com manteiga (é, pão engorda, e daí?), que levaram para comer atrás da porta fechada de seu quarto, onde poderiam esconder aquela estranha combinação de vergonha e raiva, além da mágoa com os dois garotos bem vestidos que só estavam mesmo interessados numa bola de futebol grátis. A confiança patética das duas! O equívoco da sua fantasia compartilhada!

Nesse momento, a gordinha decidiu em silêncio que no dia seguinte falaria com sua colega de escola, a filha do publicitário. Ia se oferecer para participar de um dos anúncios da campanha Hollywood, o sucesso. Não devia ter um limite de idade, devia? Tá, ela podia perder um pouco de peso antes, era só pular uma refeição por dia durante algum tempo e estava resolvido. Vestiria um daqueles macacões vermelhos de vinil e a câmera daria um close em seu rosto emoldurado por cabelos num permanente perfeito quando ela tirasse o capacete, ao descer da garupa de uma moto. Alguém muito mais lindo do que o irmão de sua amiga ia reparar nela, a garota do comercial do Hollywood, e enviar-lhe uma carta de fã. Sua vida iria por aí. Com cigarros, permanentes no cabelo, propagandas de tevê, esportes radicais e fãs lindos.

Na fita gravada do rádio que ela pôs para tocar, bem alto, o incansável Steve Perry cantou mais uma vez que era preciso continuar acreditando. As duas estavam sentadas no chão do quarto, as costas apoiadas na parede. A mãe da gordinha bateu à porta.

Abaixa a música!

Ela não disse nada, mas obedeceu. Depois aumentou um pouco, de novo. Não era consciente, mas ela já desconfiava de que era importante exercitar, em todas as ocasiões possíveis, a insubordinação ao poder institucionalizado. Por mínima que fosse. Para referência futura.

Rasgou um pedaço de pão com os dentes. O pão, crocante pela manhã, era agora um triste alimento borrachudo, e a manteiga estava meio rançosa. As duas meninas se entreolharam.

Esse pão tá ruim pra caramba, disse a gordinha.

É, disse a outra, e riu.

A gordinha riu também. E as duas continuaram comendo em silêncio.

A mocinha da foto

Foi quando Acácio parou de beber que ela teve certeza. Estava achando normal vê-lo agora preocupado com o colesterol alto, estava até se acostumando a vê-lo sair para caminhar todo dia, mesmo sendo o verão mais infernal de que tinham memória, e voltar para casa feito um buldogue esbaforido. Depois dos sessenta, a pessoa precisa mesmo arranjar um modo de driblar a aceleração do tempo. Mas quando ele parou de beber — agora abria um guaraná na hora do jogo —, ela teve certeza: era aquela mocinha da foto.

Quando Odete viu a foto, foi por acaso. Estava na sala, no fim da tarde, lendo numa revista o significado do seu nome. Até então, só sabia que Odete era francês e queria dizer riqueza, embora sua vida não fosse francesa nem rica. Leu: Passa sempre a impressão de tranquilidade, mesmo diante das tormentas. Será que ela era assim?

Tem o que pro jantar?, Acácio perguntou. Ele tinha tomado banho depois da caminhada e cheirava àquele desodorante que a propaganda dizia atrair o sexo oposto. A Odete não atraía. Às vezes ela se perguntava se já não tinha era passado da idade. Mas talvez com aquela nova preocupação dele, a saúde, o físico, quem sabe? Uma primavera tardia para o casal, ela pensou, e riu: ideia boba.

Nada de especial, o de sempre, ela respondeu. Mas fiz uma salada caprichada, como você pediu. Botei tomate, palmito, azeitona.

Ele se sentou ao lado dela no sofá, a uns dois palmos de distância.

Sabe o que eu vi hoje na rua? Um macaco. Não era um mico, desses que a gente vê por aí a toda hora. Era um macaco maior, preto. Devia ser macaco-prego. Tirei umas fotos, você quer ver?

Odete colocou a revista de lado e pegou o celular que o marido lhe estendia cheio de confiança na sorte. Foi passando as fotos com o indicador até que em vez do macaco-prego apareceu na telinha do celular uma garota que ela não desconfiava quem fosse. Rosto redondo, uns olhos grandes, morena bonita. Odete ficou olhando por alguns instantes.

Quem é?

Acácio puxou o telefone de volta.

Ah, essa aí? Não é ninguém, não. Irmã de um rapaz lá do trabalho, nem lembro o nome. Fizeram um bolo de aniversário pra ela esta semana, pediram pra eu tirar uma foto, ficou aí no celular.

A gente esquece de apagar as fotos, não esquece? Com você é assim também?

Odete raramente tirava fotos com o celular. Nem se lembrava da última vez. Quando a vizinha tinha trazido o filhotinho de gato, possivelmente. Uns dois ou três meses antes. Ela voltou à revista. Excelente anfitriã, gosta de ouvir tudo o que as pessoas têm a lhe dizer.

E ficou tudo por isso mesmo até Acácio anunciar, uma semana depois, que ia parar de beber.

Imediatamente o xis da questão, da equação, ganhou rosto, corpo e idade (uns trinta anos a menos do que Acácio, Odete diria). Aquelas novas manias só confirmavam: a moça da foto. Dieta, pratos colossais de salada, caminhadas. Chá de funcho, porque tinham dito que combatia o colesterol. Até mastigar gengibre ele agora mastigava, de vez em quando, cruzes. Por fim, guaraná em vez da cerveja, algo que depois de trinta e seis anos de casamento — e de latinhas gelando para o jogo ou para quando ele chegava moído e aborrecido do trabalho — Odete achava quase uma pilhéria.

Ela não era uma mulher de arrebatamentos. Mas suas mãos ficaram frias quando Acácio avisou vou parar de beber. Ela vacilou por dentro. Às vezes você se habitua com a vida, com a ordem das coisas, e eis que de repente vem uma daquelas surpresas de novo, uma daquelas surpresas que você achava que tinha trancado do lado de fora.

Tava pensando, ele disse, a pessoa tem uma hora em que precisa mudar os hábitos da juventude, do contrário morre cedo. A gente quando é novo faz o que quer, o corpo administra numa boa, mas depois a coisa vai mudando de figura. Você não acha?

Odete não respondeu, mas ele nem pareceu notar. Devia ser uma — como era o nome? Elaine tinha explicado, recentemente — uma pergunta retórica. Significava que a pessoa estava perguntando mas não estava na verdade interessada na resposta.

A garrafa de guaraná zero fez psssss quando ele abriu a tampinha. Bebeu um gole e ligou a tevê. Como de hábito, se jogou na poltrona. Arremesso de Acácio.

Ficou tudo claro. Por que é que ele estava daquele jeito, e agora ficava um tempão penteando o cabelo grisalho no espelho. E às vezes quando tinha jogo dizia vou ver o jogo na casa do Fulano, que Odete não conhecia, e ela sabia que não tinha Fulano coisíssima nenhuma, o que tinha mesmo era a moça da foto. Acácio depois chegava em casa alvoroçado igual a um adolescente. Todo bobo, dando risada por qualquer coisa.

Os dias passavam e Odete não entendia direito o que estava sentindo. Achava que Acácio já tinha deixado aquelas aventuras para trás. Será que fingir ignorância era mais uma vez a melhor defesa? O problema era que doía igual. Apesar da aceleração do tempo.

De temperamento habitualmente fechado, Odete se abria com a filha. Naquela tarde, Elaine e Júnior vinham lanchar, ela chamaria a Elaine a um canto e conversaria com ela. A pessoa mais jovem às vezes raciocina melhor.

Desgraça, esse negócio de casamento. De fora todo mundo achava lindo, um tempão juntos, filhos crescidos, mas por dentro a coisa podia ser bem outra. E no fim das contas era como se estivesse soldada naquele homem. Se resolvesse puxar, a pele rasgava.

Acácio chegou da caminhada nojento como de costume e foi tomar banho. Estava no chuveiro quando a campainha tocou. Devia ser o Júnior. Elaine vivia atrasada.

Era o Júnior. Acompanhado por uma garota bonita — Odete não sabia que ele estava de namorada nova. A mãe era sempre a última a saber das coisas. Quando ele caiu de moto, por exemplo, e quebrou duas costelas, ou quando resolveu trocar de emprego e o novo emprego pagava menos, por que é que ele tinha feito uma coisa dessas? (Porque gosto mais do novo emprego, ele disse, e ela perguntou e desde quando na vida a pessoa faz o que gosta?)

Odete enxugou as mãos no pano de prato e foi cumprimentar. Fitou o rosto da nova namorada do filho. Um rosto redondo, para lá de bonito, benzadeus. Uns olhos grandes, morena.

Então o coração se apressou. Não era possível. Era possível?

Júnior abriu um sorriso largo e apresentou esta é a Marisa.

Dava para ouvir a melodia abafada que Acácio assoviava no chuveiro. Ele agora andava assim também, assoviando por aí. Odete não entendia direito o que estava sentindo. Ou será que entendia? As palavras faltaram. Júnior ali, na sua frente, todo orgulhoso da nova namorada, da moça tão bonita.

Nessas horas a pessoa precisa arrumar o que fazer, uma tarefa qualquer. Odete sempre recorria ao espanador ou ao pano de prato nos momentos difíceis. Ajudava a pensar. Acácio ficava furioso, dizia nós estamos tendo uma discussão e você aí enxugando prato, e ela dizia é que me ajuda a pensar.

Vou passar um café, vocês querem?, ela ofereceu ao filho e à mocinha da foto.

Voltou para junto do fogão, colocou o pó no filtro de papel. Júnior mostrava a Marisa um porta-retratos com uma foto dele pequeno. Lá dentro, Acácio desligou o chuveiro. Odete encheu a chaleira com água. Riscou o fósforo, acendeu o fogo, botou a chaleira no fogão. Então o peito começou aos pouquinhos a degelar. Dali a pouco viria o Acácio todo engalanado para a sala, camisa nova, alegre em receber os filhos para o lanche.

Odete tirou a tampa da chaleira e ficou observando as bolhas encresparem a superfície da água. Nunca tinha pensado nisso antes, não nesses termos, mas a água fervendo era um espetáculo e tanto.

Oval com pontas

De mãos dadas, o menino e a mãe do menino cruzam a praça. Os pombos levantam voo. O menino olha para o chão e salta sobre as rachaduras, sobre os intervalos entre as lajes do pavimento. Os pés dentro dos tênis número trinta e dois que estão um pouco largos na ponta.

Andam rápido. Ela olha constantemente para o relógio e diz que estão atrasados. A dificuldade de encontrar vaga para o carro. O trânsito ruim ainda bem que não moramos mais nesta cidade. O sinal de pedestres que custou a abrir. E as ranhuras no chão, ora retas, ora fragmentadas, ameaçando roçar a sola dos tênis número trinta e dois. Às vezes o menino precisa dar passos imensos, às vezes se deter para calcular o melhor trajeto. A mãe: para com isso, estamos atrasados. Estou com dor de cabeça, devia ter comido alguma coisa de manhã.

Quando chegam, pela porta lateral, a mãe procura um balcão, e lá dizem a ela que aguarde, o guia ainda não chegou. A mãe suspira aliviada.

Então leva o menino à porta principal e mostra a ele, lá fora, uma forma imensa. Brilhante e escura, de metal. Parece um ovo com um buraco no meio e duas pontas afiadas quase tocando uma na outra, dentro da barriga do ovo. A mãe diz: *Oval com pontas*. O menino responde: eu já sabia que era um oval com pontas, você não precisava me dizer, está na cara que é um oval com pontas.

A mãe ri. Parte da tensão secou no rosto dela. O menino sente alguma coisa como uma borboleta abrindo as asas no seu peito. Tem sido raro ver a mãe rir desde que houve o que houve e o menino não quer pensar nisso porque a borboleta em seu peito ameaça fechar as asas e se desmanchar, um sonho de borboleta, puf! Então, ri também, para injetar mais verdade no riso dela, e entrelaça os dedos pequenos roliços precisando cortar as unhas nos dedos compridos magros com um anel de prata.

Chega o guia. A mãe se apresenta, apresenta o filho, que cobre com os dentes o lábio inferior, como faz sempre que se sente encoberto, por sua vez, pela timidez inesperada. Chega um casal. Chega uma moça de salto alto, sozinha. Aguardam mais um pouco. Parece que somos só nós. A escada tem cordas na balaustrada, o menino gosta disso. De repente algo de afirmativo salta em seu rosto e ele sorri engraçado para o guarda sentado numa cadeira, já no segundo andar. O menino encontra um motivo de orgulho na mãe. Ela tem cabelos que dançam quando ela anda e um anel de prata no dedo.

A mãe está atenta. Antes de começar, diz o guia, quero destacar que esta é uma exposição de nível internacional, não só pela relevância das obras, mas pela maneira como estão distribuídas pelas salas, como vocês vão ver. Uma exposição que poderia muito bem estar, por exemplo, em Nova York.

Conforme as palavras ganham a primeira sala, o grupo engrossa. Vem mais gente. O menino já ouviu falar em Nova York. Não lembra exatamente quando. Nova York é uma cidade ou um país? Onde fica? O guia tem grandes olhos azuis e o menino pensa que os olhos claros deviam ser também um pouco transparentes e deixar a gente ver dentro deles. Os olhos do menino são iguaizinhos aos da mãe, escuros, da cor do *Oval com pontas* lá embaixo. O menino imagina como seria ter dois olhos em forma de ovais com pontas.

A mãe do menino concentra-se no que diz o guia. Olha para as obras que ele indica. Vê os desenhos roliços que mais parecem esculturas em duas dimensões. Vê a *Cabeça da Virgem* tão branca dentro do mármore fase inicial e o respeito ao material que pode ser a pedra a argila branca o concreto o bronze. A atenção do menino é que já se desgarrou do fio condutor. A mãe diz: você pode passear. Mas tem que ficar sempre na mesma sala em que eu estiver.

Ele se solta como a borboleta que abria as asas no seu peito, momentos antes. É uma borboleta sólida. Seria de alabastro, se o alabastro soubesse voar. Levanta os olhos para cá, para lá. E de repente pousa numa coisa que se chama *Duas cabeças*. Não são exatamente duas cabeças, ele pensa. Mas, ao mesmo tempo, são. Qual o nome dessa intensidade entre o que não é e o que é? No menino, um pensamento se formula sem palavras. Uma estranha comichão. Como se a visão duvidasse do que vê.

Ouve lá de longe o guia falando qualquer coisa sobre: a escultura brotando de dentro da pedra, feito um balão. De dentro para fora. O peso. O menino vê um peso. Uma coisa pesada. Lê *Forma quadrada*. Vê uns riscos e pontos. Imagina um balão soprando a pedra (de Borgonha) por dentro, um ar de pedra saindo dos pulmões de um gigante de pedra.

A escultura chamada *Mãe e filho* é um repuxo em pedra (de Ançã), coisa que o menino não pensa, mas vê, com seu novo olhar que duvida dos fatos concretos e abstratos: a mãe da escultura leva o filho no colo, mas aquilo também podia ser *Coisa pesada e ondulada de pedra com um espaço no meio e buraquinhos que lembram olhos*. O menino ri do título que deu. E aí se anima: *Duas formas* podia ser *Bola e espécie de feijão com dois riscos largos que a gente tem a impressão de que se encaixam mas se tentasse encaixar não conse-*

guiria. Ou então: *Cabeça que descolou do corpo e rolou pelo chão.*

Um universo se abriu ali. As coisas que ele reconhece e as que não. Ou, antes: tudo ele reconhece e estranha. Tudo é um pouco pela primeira vez. Parece que um gigante soprou o menino dentro do menino. Olho buraquinhos na pedra. Na escultura chamada *Entalhe* há três círculos fundos e uma espécie de letra *l* para fora. Mas há também uma cabeça virada para cima, um par de olhos, a boca arredondada, o nariz, o pescoço largo tipo o do professor de judô. Mas há também a pedra inteiramente pedra que é só volumes e traços explodindo num susto calmo de pedra.

Foram para a sala seguinte. A mãe faz um sinal. O guia dizendo alguma coisa sobre a guerra e sobre o barbante que o escultor usou naquela fase mas depois abandonou e obras que se parecem muito com — o menino deixa de ouvir. Montes de linhas se cruzam. Ele observa três pontas em garra, quase se tocando num pequenino lugar vazio que dói, e lê: ferro fundido. Isso de ferro fundido lhe dá um certo medo. Como também *O elmo*. Bronze. Agora há um oco dentro do peso. O peso ficou sem peso, ficou leve, cheio de buracos intervalos mistérios.

E se a escultura fosse o oco, e o bronze fosse somente a caixa que contém a obra de arte? Somente sua casca, invólucro? E se o melhor de tudo for o invisível — que ninguém sabe que existe, mas que atropela o mundo com a pressa de um elevador em queda livre? E se for isso o que chamam de alma das pessoas — o que se escava dentro delas, o lugar onde elas não estão?

Depois de provar o peso, o menino ensaia o espaço. Não a palavra que na sua escola usam para treinar a cedilha. Outra coisa. O despovoado que existe dentro dele. A vaga que o carro e o menino nunca vão ocupar. A vaga vaga. O vão.

Agora já se encaminham para outra sala. Ele vê sua mãe diante de uma escultura pequena e se aproxima. O guia diz que aquele foi um modelo para uma escultura muito, muito maior, encomendada para um festival. Na imaginação do menino, a figura reclinada vai se avolumando, apoia-se num campo aberto, tranquila e para sempre. Deve haver um vasto gramado e nuvens por cima do sol. Ele se vê galgando as pernas recurvadas de pedra e invadindo o interior do corpo, o espaço da barriga, a barriga do *u* no alto da cabeça. Aquela figura tem um corpo duplo, como um negativo de si mesma. O escultor usou o pretexto da pedra e também esculpiu o ar. A figura se reclina em som e em silêncio, ela tem uma fala escrita e tem o branco com que a página se protege entre uma palavra e outra.

O menino nem espera a contraordem: as outras salas contíguas estão visíveis, ele atravessa, ele se desloca e se desgruda como a *Maquete para figura reclinada em duas peças, nº 1.* Os corpos agora são dois pedaços. Na *Figura quebrada* ele vê o corpo partido e a pedra bruta se soltando lá dentro.

O menino e o escultor agora já são velhos amigos. As salas do museu, outra casa antiga de família que o menino vasculha sem medo de se perder. O escultor lhe mostra: peso-espaço, tamanho. Nas menores peças o menino vê formas gigantes competindo com edifícios e montanhas. O escultor lhe mostra: conchas, ossos, lâminas, pontos, volumes. O menino lhe devolve a avidez do olho que percorre o objeto não apenas pelos lados, por trás, mas também por dentro, e através, o olho que espreita pela janela das formas.

As pessoas se dispersam, o guia se despede — a mãe, sorriso, e o menino se esquecendo de cobrir com os dentes o lábio inferior. A sala de baixo já não requer o guia. Só um silêncio cúmplice que nem se sabe, que nem se dá conta. Diante do mármore, *Figura reclinada, com panejamento*, o menino e a mãe ocupam-se cada um de si mesmo. E nem se dão conta. E nem se dão conta de que seus olhares se tocam como nunca.

A mãe convida o menino, depois: vamos tomar um sorvete? O menino gruda a mão de novo na mão do anel de prata, estão agora mais quentes as duas mãos, um pouco suadas. À saída, antes de se encaminhar ao sorvete e à aventura dos tênis trinta e dois precisando outra vez vencer rachaduras e linhas do pavimento, o menino se encontra diante do *Oval com pontas*.

Ponta apontando para ponta. A curva que sai, a curva que se esconde, a outra que apenas se promete. A forma que puxa, a que se projeta. A luz do sol que se reflete aqui e ali, no metal. O menino para um instante e olha através do espaço do meio, bem na barriga do ovo. Lá atrás a tarde vai baixando. Alguns garotos se juntaram na praça e andam de skate.

É um mundo denso, um mundo espesso. Impenetrável, mas pronto para a abertura de uma forma. Isso o menino intuía antes de ser menino, quando ainda era apenas um balão que um gigante soprou dentro do corpo dela — a mulher que tem dedos compridos magros e um anel de prata. No céu, sobre suas cabeças, uma pequenina borboleta de alabastro acaba de aprender a voar.

Feelings

Nina Simone mostra ao público o seu colar de prata e diz este colar veio da Grécia, tem mais de duzentos anos, foi feito para ser usado por uma rainha e eu sou uma rainha. Levanta-se e faz uma mesura, a mão esquerda apoiada no piano.

A casa está embrulhada num dia chuvoso numa cidade chuvosa perto do mar. Uma tropa de árvores desce a encosta até o riacho. No pequeno tanque à esquerda da porta de entrada há peixes ornamentais: carpas, que oferecem serenidade e equilíbrio. Vermelhas, brancas, pretas. Douradas.

Carpas, diz Sol.

Koi, Hugo esclarece. O nome japonês, mais específico.

Ninguém está pensando em Nina Simone. Faz poucos minutos que chegaram, que Hugo abriu o portão e Sol e Denise entraram. Elas estão na cidade a trabalho e aproveitaram o último dia para uma visita ao irmão de Denise. Ela está à vontade, claro, mas Sol vai com cuidado. Mede os gestos, as palavras, pesa os elogios ao jardim para que não saiam meio apatetados, como os daquele homem do documentário para quem tudo era *fantástico*. E para lá dos elogios há a estranheza que Sol já fareja — e não é só porque Denise a advertiu antes, mas porque desde que abriram o portão e entraram essa estranheza desbota cada frase, cada pausa, cada sorriso de Hugo. Ele estava mais falante no carro, quando foi buscá-las no hotel, mas não só isso: mais fácil. À vontade. Parece que agora ele tem uma trava de proteção.

Sol caminha pelo jardim. Às vezes ela acha que existe algo nos muito ricos, em alguns deles, uma espécie de aparente desprezo pelo dinheiro e pela opulência, mesmo que você não consiga descrever a vida deles sem o uso dessas duas palavras. Não é exatamente como se eles estivessem pedindo desculpas — não é isso: não estão atrás de indulto, eles fazem o que querem, claro. É, antes, como se tudo aquilo, mansão ultramoderna cheia de vidraças e concreto, jardim, carpas e todo o resto, é como se tudo aquilo fosse quase inevitável. Estivesse na genética. Feito o tamanho dos seus pés ou a inclinação do seu queixo. É curioso, por exemplo, Sol pensa, o modo como Hugo fala da casa vizinha (dá para ver qualquer coisa por entre as árvores, ele diz), comentando como ela é incrível, assinada por um arquiteto de renome, e coisa e tal. Os comentários cheios de admiração parecem colocar automaticamente a casa dele no plano da prima pobre. E quase que dá para acreditar que é isso mesmo.

Mas não importa. A menina vem correndo lá de dentro e ela é, como previsto, uma aparição. Atira-se nos braços de Denise. Sol ainda está olhando para as carpas. Viu a menina chegar, e se esforça para ter a reação natural que teria se não fossem as advertências prévias de Denise.

Esta é minha sobrinha Gita, de quem eu já te falei, Denise diz a Sol.

E imediatamente Gita se esconde atrás de uma pilastra da varanda. Hugo diz mais alguma coisa sobre as carpas, fala do jasmim. Não dá sinais de ter notado a chegada da filha, seus grandes gestos operáticos, o modo como ela se esconde com falsa timidez atrás da pilastra. Os olhos dele passam das carpas ao jasmim e à casa vizinha, vão de Sol a Denise e de volta a Sol.

Gita não tira os olhos de Sol, e em algum momento o olhar das duas se encontra. Sol acena, Gita corre de novo para junto de Denise e diz Denise eu quero te mostrar o meu novo quebra-cabeça.

Gita tem doze anos, é uma menina bonita. Morena. Não se parece com Hugo, que é alourado. Tem mais a ver com a mãe, Sol constata, ao ver a espanhola descendo sorridente a escada que une, como se flutuasse, os dois andares da casa. Ela vem de cabelos molhados, vestindo a mais comum das saias de malha e a mais desenxabida das cami-

setas. Sol e Denise estão tirando os sapatos junto
à porta de entrada, costume que a família trouxe
do Oriente. Gita está pendurada no braço de Denise, puxando-a de leve e mencionando repetidas
vezes o novo quebra-cabeça, enquanto Hugo continua surdo.

Eu já vou, Denise diz a Gita. Vou primeiro
falar com a sua mãe.

Não! Vem agora!, a voz meio chorosa.

Gita. Eu vou primeiro falar com a sua mãe.

Gita faz um muxoxo. Sol é apresentada a
Florencia, a mãe espanhola da menina de nome
hindu. A família, conforme Denise explicou a Sol
na véspera, morou na Ásia por um bom tempo.
Coisa dos negócios de Hugo. Gita estudou nas es-
colas americanas, por onde quer que transitassem.
Estavam de volta, agora, a casa recém-comprada
gorda de referências orientais.

É tudo desafetado, ali. Até o piano de cauda numa das salas, até os quadros supercoloridos
nas paredes. De novo, Sol pensa, é como se ninguém realmente desse a menor bola para nada daquilo (coisa de quem tem dinheiro há muitas gera-
ções, como ela sabe ser o caso — Florencia tem até
parentes na nobreza, um marquês ou um duque
espanhol de nome bonito que Denise mencionou
mas que Sol no momento não recorda). E as estan-
tes de livros! Livros lidos. Vividos. Livros de verdade, títulos de verdade, coisa séria. Tem um russo na
mesa de centro, com um marcador lá pelas últimas

páginas. Sol espicha os olhos e comenta, e Florencia diz, quase como se pedisse desculpas, que anda relendo os russos, e se apressa em tirar o livro dali e botar noutro lugar menos visível. Como se tivesse esquecido uma peça de roupa íntima jogada na sala. Florencia é alguém de quem é possível gostar imediatamente e sem reservas, Sol pensa. Ela é de sorrisos fáceis, de palavras corriqueiras. Trata você como se fizesse parte do mundo dela, mesmo que você não faça, mesmo que esteja a anos-luz de distância. E aquela espontaneidade, aquela fluência iluminada dos gestos.

Gita e Denise estão na outra sala, debruçadas sobre o quebra-cabeça. Hugo foi para a cozinha terminar de preparar a lentilha à moda de Jaipur que prometeu à irmã (que vem visitá-los menos do que ele gostaria, ele disse, no carro) e à amiga dela (que é um prazer conhecer, ele disse, e que volte sempre). Hoje é folga da empregada, mas diz a lenda que Hugo é um grande cozinheiro.

Bebe alguma coisa?, Florencia convida Sol, a voz é suave, a mulher também, mas Sol supõe que ela faça o que quer, quando quer. Coisa de quem relê os russos.

Sol aceita uma cerveja. As duas se sentam na mesa da cozinha enquanto Hugo prepara o que parecem ser uns bolinhos ou pãezinhos. *Bati,* ele esclarece. Para comer com a lentilha. Não deu tempo de fazer mais cedo, mas a gente não está com pressa, está?

Florencia diz eu estou, mas com sorte vai dar tempo de comer alguma coisa com vocês antes de sair.

Ela se vira para Sol e explica.

Me desculpa. Eu vou ao teatro. Faz meses que já estou com o ingresso comprado.

Florencia era atriz quando nos conhecemos, Hugo diz a Sol.

Sol imagina facilmente. Florencia num palco.

Chegam exclamações um pouco excessivamente exaltadas da sala de visitas, da área onde estão Denise e Gita e o quebra-cabeça. Sol corre os olhos de Florencia a Hugo e de volta a Florencia, mas nenhum dos dois parece ter notado o alvoroço. Florencia se limita a indagar, como que para si mesma, será que Denise não quer uma bebida?

Sol pega a deixa e vai até a sala. Gita está de pé, com um facão de cozinha apontado para o próprio estômago, e Denise a observa, parecendo mais frustrada do que preocupada.

Eu acho que vai doer se você fizer isso, Denise diz a Gita.

Gita vira o rosto, vê Sol, opta por ignorá--la, volta-se de novo para Denise.

Mas eu vou mesmo. Furar a minha barriga. Se você não vier comigo até o meu quarto.

Gita, a gente não brinca com faca. Você já tem doze anos. Vai botar isso de volta na cozinha e vamos mostrar o quebra-cabeça a Sol.

Esse quebra-cabeça é idiota e difícil.

Não é idiota. Você estava gostando.

É muito difícil. Eu quero que você venha comigo até o meu quarto.

Eu já disse que vou daqui a pouco.

Por que é que não pode ser agora?

Porque agora eu quero ir para a cozinha conversar com seu pai e com sua mãe, e porque eu estou com sede e quero beber alguma coisa.

Uma cerveja?, Sol oferece, tentando um pouco desajeitadamente conduzir as coisas naquela direção. Ela não entende como Denise pode estar assim tão tranquila diante daquela menina com a ponta de um facão encostada na barriga.

Eu detesto cerveja, diz Gita. Não sei como é que vocês adultos podem gostar. É amargo. E depois os adultos ficam bobos quando bebem demais.

Do que você gosta?, Sol pergunta.

Água de coco. Minha mãe sempre compra.

Ela coloca o facão sobre a mesa de centro, ao lado do quebra-cabeça.

Então por que a gente não vai pegar uma cerveja para mim, Denise sugere, e uma água de coco para você?

E depois a gente vai para o meu quarto?

Mais tarde um pouco, Gita.

Gita faz uma careta de desânimo, deixa cair os ombros, mas o facão fica onde está. Na cozinha, ela resolve ajudar a mãe com os pratos e talheres, e

Hugo enxuga as mãos numa toalha. Ele olha para Sol, dá um suspiro e ergue de leve as sobrancelhas.

É o mais sutil dos comentários, feito sem palavras. Sol entende que ele e Florencia manterão as coisas sempre naquele horizonte. Não há excessos, por parte dos dois. Ninguém fala alto, ninguém se impacienta de forma demasiadamente visível, embora pareça haver algo como um cansaço pesado por trás de tanto comedimento. Os excessos são todos por conta de Gita. Que ademais é excepcionalmente inteligente, o que Denise já tinha dito e que não é difícil notar. Às vezes é o caso, em crianças como ela.

O que você está preparando para o jantar?, ela pergunta ao pai.

Lentilhas, ele diz. Com *bati*.

Ah, mas eu não aguento mais comida indiana! Você não podia ter feito uma pizza? Adoro quando você faz pizza.

Querida, ele quis preparar as lentilhas porque eu e a minha amiga vínhamos jantar, diz Denise.

E daí, vocês não podiam comer pizza também? Quem não gosta de pizza? Todo mundo gosta de pizza.

Da próxima vez que Denise vier eu faço pizza. Está bem?, Hugo oferece, sem olhar para ela.

Gita abre um sorriso.

Está! Quando você vem de novo, Denise?

Não sei, Gita. Quem sabe mês que vem? Ou no Natal?

E ela? Também vem?, pergunta, e lança um olhar tímido para Sol.

Sol dá de ombros, abre um sorriso sem significado.

Gita parece tímida outra vez. Sai da cozinha, dá para ouvir seus passos correndo escada acima.

Denise pega uma cerveja na geladeira. Senta-se à mesa da cozinha, apanha um punhado de amendoins.

Você já viu a coleção de Hugo?, ela pergunta a Sol, e é claro que não, que Sol ainda não viu a coleção de Hugo, e isso é como uma senha. É como escancarar uma janela e deixar entrar ar fresco.

Hugo imediatamente se apruma, tira o avental e conduz Sol até uma sala adjacente ao salão do piano, onde há alguns armários envidraçados de estrutura de madeira — as vitrines onde ele guarda e expõe objetos que Sol não supôs ser o que são quando Denise disse meu irmão coleciona antiguidades asiáticas.

Os gestos de Hugo são comedidos, são discretos, ele fala baixo como aquele professor de história que Sol teve aos quinze anos. Parece, pelo gestual e pelas palavras, mais velho do que de fato é. Mas o rosto e o corpo são joviais — ele não deve ter quarenta anos ainda, ela supõe. E em algum momento mencionou corridas pelas redondezas da casa.

Sol fita uma estatueta de pedra com cerca de quarenta centímetros de altura, que ele descreve. Um *bodhisattva*, ele diz. Um ser iluminado, de acordo com os budistas. As mãos diante do peito, veja, ele está explicando alguma coisa aos discípulos. Esta obra é do século dois ou três da era cristã.

Quando Denise disse antiguidades, Sol não imaginou século dois ou três da era cristã. Hugo segue explicando os objetos, em seu tom de voz pausado, dentro de sua camisa simples e tão pouco atraente, e ainda assim alguma coisa se desequilibra em Sol. É o amor dele por aquela arte que a comove. Por aquele mundo. Pelo que aqueles objetos carregam de sentido e de vida indecifrável.

Hugo é alguém de quem também é possível gostar sem reservas, Sol pensa. Ainda que não imediatamente. E ela segue o fio do pensamento — é pensamento ou algo mais palpável, algo do reino da pedra, da madeira, da pele? Hugo é alguém por quem deve ser possível cair de amores, sem reservas. Ela imagina os dois, Hugo e Florencia, numa manhã de seu passado, o céu clareando por trás de um minarete. Antes de Gita. Os dois na Índia, onde ele perscrutaria, nas horas de folga do trabalho, a história que agora desdobra diante dela, Sol, em nomes como aquele de Chandragupta, fundador do Império Máuria (que chegou mesmo a repelir uma tentativa de invasão de um oficial de Alexandre, o Grande, Hugo explica). Passam à cabeça do Buda, parecem as feições de uma criança.

Hugo diz Camboja, Khmer, século quinze. É um rosto lindo, os olhos cerrados, os lábios grossos. E agora Sol não sabe mais se olha para o pingente com pedras coloridas, no cantinho da vitrine, ou para as mãos de Hugo, que subitamente parecem mais interessantes do que tudo aquilo junto.

As nove pedras do pingente simbolizam os planetas, ele diz. Nove pedras, *navaratna*. Usar uma joia com essas pedras, numa ordem específica, proporciona equilíbrio astrológico. Dizem os hindus.

De quando é?

Ah, este é bem mais recente. Tem pouco mais de um século.

Sol observa mais de perto. O pingente parece uma pequenina flor de ouro, com pétalas formadas por diferentes pedras. Ela não entende nada disso, mas supõe que a pedra vermelha seja um rubi, que a verde seja uma esmeralda. O resto não sabe.

Mas Hugo elucida. Rubi para o sol, Surya. Pérola para Chandra, a lua. Coral vermelho para Mangala, Marte. A esmeralda é para Budha, Mercúrio, a safira amarela para Júpiter, esqueci como é o nome em sânscrito, o diamante para Vênus, Shukra, a safira azul para Saturno, também esqueci como é o nome, a hessonita para o nodo ascendente da lua e o olho de gato para o nodo minguante. Acho que é isso.

É muito bonito.

O sol fica no centro, diz ele, e sorri muito de leve, apreciando a coincidência dos nomes. Sol. No centro. Comprei isto em Kerala, na Índia, era um dia em que chovia muito. Não sei por que me lembro disso, que chovia muito.

Da cozinha chegam as vozes de Denise e Florencia. O cheiro da comida. Sol agora não gostaria mais que houvesse jantar, pelo menos não tão cedo. Quer ficar com Hugo em meio àqueles objetos de outro tempo e de outro mundo. Com Hugo. Outro tempo, outro mundo. Espadas afegãs, a adaga persa com cabo de marfim, o astrolábio do Império Mogol, a aquarela japonesa da fiandeira. E como ele descreve, explica, situa, como ele fala do alto da autoridade do amor.

Eu acho incrível que, ela começa a dizer, mas não termina, tem a impressão de que o restante da frase soará de uma banalidade imperdoável. Ela precisa aprender a se calar em vez de ficar procurando palavras para o que não cabe nelas. Cacoete de achar que o silêncio incomoda, intimida. Hugo parece bem no silêncio. Ele olha para ela com uma calma admirável, parece interessado justamente no que Sol não tem como dizer, muito mais do que no que ela possa vir a dizer.

Durante o jantar, Gita pede para colocar uma música. Hugo está novamente ausente, perdido em seu prato de comida. Florencia diz sim, meu bem, desde que seja baixinho. Gita escolhe um rock pesado, alguma coisa que Sol não reconhece, e põe o som alto. Hugo para de comer, Gita volta às gargalhadas à sala de jantar. É a primeira vez naquela noite que seu pai ergue minimamente a voz.

Gita, ele diz. Não faça isso. Nós estamos jantando e queremos conversar.

Gita continua se dobrando de rir.

Florencia se levanta, vai até o aparelho de som.

Não! Não quero que você tire!, a filha exclama.

Mas eu vou tirar.

Gita volta para a mesa, senta-se e cruza os braços na frente do peito. Bota uma carranca na cara e deixa claro que não vai mais comer.

Sol se pergunta se devia estar mesmo ali, quem sabe Gita esteja mais agitada porque tem novidade em casa, uma desconhecida. As lentilhas estão deliciosas, e o apetite de Sol está maior do que o habitual. Mas o jantar termina logo. Gita não comeu mais, Florencia e Denise comeram pouco, Hugo comeu o mais depressa que pôde.

Florencia se levanta antes de todos, pedindo desculpas. O teatro. Em dez minutos ela está vestida e perfumada e levemente maquiada. Dá um abraço em Sol e um abraço em Denise antes de ir até a porta da frente e calçar umas sandálias de salto para então sair, as chaves do carro chacoalhando na mão.

Você vem no meu quarto agora, Denise?, Gita pergunta, novamente de bom humor.

Tudo bem. Por dez minutos, Denise diz.

Não! Dez minutos só não!, protesta Gita.

Sol e Hugo levam os pratos, copos e travessas para a cozinha. Não falam muito. Ele oferece mais uma cerveja, ela diz não, obrigada, não sou de beber muito. Os restos de comida nos pratos vão para a lixeira, os pratos e copos sujos ficam empilhados na pia, as travessas são cobertas e acomodadas na geladeira. Lá fora, a chuva começou a apertar.

Aparentemente, Denise conseguiu convencer Gita a se limitar aos dez minutos em seu quarto. Podem ouvi-las descendo a escada, agora. Gita vem trazendo o laptop. Eu quero mostrar uma coisa para todo mundo, ela diz, no corredor. Animadíssima.

Hugo dá um longo suspiro. Sol pensa em Florencia tão bonita de carro pela cidade chuvosa, na noite chuvosa, rumo ao teatro.

Gita coloca o laptop sobre a mesa da cozinha. Quero que vocês venham ver, ela diz, dirigindo-se ao pai e a Sol. Os quatro arrebanham as cadeiras e se postam diante da tela. Gita mostra dois vídeos de seus humoristas favoritos. Ri de se acabar, Denise e Sol riem por solidariedade, mas Hugo nem isso.

Que bobagem, ele diz.

Não é bobagem!, diz Gita. Olha quanta gente viu. Olha só.

Ela mostra o número na tela. Milhões.

Ele diz é inacreditável o tempo livre que as pessoas têm para fazer coisas perfeitamente idiotas.

Não é uma coisa perfeitamente idiota!, Gita volta a protestar.

Agora é minha vez, Gita, diz Denise.

Sua vez de quê?

Minha vez de colocar um vídeo. Dá licença?

Gita olha para ela desconfiada. Não parece ter certeza de que quer lhe dar licença. É óbvio que seu plano era seguir com os humoristas.

Que vídeo você vai colocar?

Uma coisa que eu estava vendo hoje de manhã.

É chato?

Claro que não.

Eu vou gostar?

Denise dá de ombros. Só vendo para saber. Ela se vira para Hugo e Sol. Alguém me mandou hoje de manhã um vídeo antigo da Nina Simone em Montreux cantando "Feelings". *Feelings, nothing more than feelings* (ela cantarola). O grande hit daquele brasileiro, vocês lembram? Como era o nome dele? Morris Albert.

Brasileiro?, diz Sol.

Você não sabia que essa música era de um brasileiro?

Em inglês?

Sim! Morris Albert, o nome verdadeiro era Maurício qualquer coisa.

Sério?

Denise digita algumas palavras, a tela se abre e Gita se debruça sobre o laptop.

Vinte e três minutos!, ela protesta.

Denise a ignora. Aperta play e Nina Simone começa a falar.

Não quero ver um vídeo de uma mulher que eu não conheço, Nina Simone, sei lá quem é Nina Simone!, durante vinte e três minutos!, Gita continua protestando.

Chhh!

Eu estou cansada, Nina Simone começa a dizer, e vocês não sabem por quê.

As legendas traduzem.

O que é isso?, Gita pergunta. Ela vai falar ou vai cantar?

Chhh!

Quero agradecer ao Festival de Jazz de Montreux.

Um close de Nina Simone. O rosto suado.

Eu *falo* francês, sabiam? A plateia ri. A plateia nunca sabe muito bem o que fazer diante de Nina Simone. Não sou, ela continua, como todos aqueles músicos negros que vêm aqui e ficam trancados em si mesmos e nunca dizem nem uma única palavra.

Ela se levanta do piano. Anda pelo palco, sorri, volta ao piano e se senta.

Juro. Vocês sabem, eles fazem isso mesmo. Vêm para cá durante dez, quinze anos e não falam *uma palavra*. Eu adoro a língua de vocês. É muito lírica, muito bonita. E eu me esforço muito para tentar aprender.

Risos, aplausos.

Gita parou de falar. Está olhando para a mulher na tela de seu laptop, agora atentamente. A mulher de cabelos curtos e sobrancelhas finas e pele negra brilhando de suor e pálpebras cobertas de sombra prateada. Ela anuncia uma canção, mas continua falando. Agradece aos suíços por sua terrível e maravilhosa tranquilidade.

Que permeia tudo o que há aqui, diz Nina Simone. E eu espero ter permissão para ficar entre vocês por algum tempo.

Antes de começar a canção, ela ajeita o colar. Não é bonito, o meu colar? Aplausos da plateia. Este colar veio da Grécia, tem mais de duzentos anos, foi feito para ser usado por uma rainha e eu sou uma rainha. Levanta-se e faz uma mesura, a mão esquerda apoiada no piano. Aplausos da plateia e Nina Simone séria, séria, séria. Até irromper numa gargalhada e dizer deve ter ocorrido a vocês que talvez isso seja mesmo verdade! Gargalhada.

Os primeiros acordes de uma canção e Nina Simone se interrompe, apontando para alguém na plateia.

Ei, garota! Sente-se! Sente-se!

Gita põe a mão sobre a boca e sufoca uma risada.

Sente-se!

Risos e aplausos da plateia. Nina Simone canta "Stars", que emenda então no grande e único hit do brasileiro Morris Albert. "Feelings." Sentimentos, nada mais do que sentimentos — vocês conhecem isto?, ela pergunta. E pede à plateia: quando chegarmos na parte do *our feelings of love,* vocês vão me ajudar, está bem?

Canta o início da música, *teardrops rolling down on my face, trying to forget,* e se interrompe. Droga. Vocês sabem de uma coisa? Que vergonha a gente ter que escrever uma canção assim. Não, eu não estou debochando do sujeito. Não posso *acreditar* nas *condições* que *produziram* uma *situação* que *exigiu* uma canção como esta!

Plateia insegura.

Caramba, podem aplaudir, o que há de errado com vocês?

Gita aplaude também.

E Nina Simone agora mantém os quatro hipnotizados, Gita, petrificada, os olhos grudados na tela, Hugo, Denise e Sol. Ali, na casa embrulhada num dia chuvoso numa cidade chuvosa perto do mar. E como Nina Simone é bonita com seu colar de rainha convidando com a mão a plateia a cantar. Sentimentos, nada mais do que sentimentos. A voz de Nina Simone. O piano suavíssimo ao fundo. Nina Simone e a plateia suíça em uníssono, suavíssimas. O solo final de pianista clássica. Até que finalmente ela encerra a música, diz boa-noite e se vai.

Acabou?, Gita pergunta.

Denise faz que sim.

Gita fica parada por um instante, ainda, depois se levanta. Vai para a sala onde estão, lado a lado, o quebra-cabeça e o facão. Desaba no sofá, na penumbra, em silêncio. Denise vai até ela, senta-se ao seu lado, passa os braços em torno dos seus ombros e diz qualquer coisa que da cozinha Sol não consegue ouvir.

Sol ajeita um pano de prato sobre a pia, sem motivo nenhum, e diz a Hugo que precisa chamar um táxi. Eu chamo, ele diz.

Sol vai ao lavabo, no corredor, onde uma vela com cheiro agradável está queimando. Há uns galhos secos dentro de um vaso de cerâmica que agora ela se pergunta quantos séculos de idade terá. Olha-se no espelho. O rosto um tanto corado. Ao voltar vê Gita na sala, a menina agora parece suave, melancólica. Conversa com Denise num tom de voz normal — a primeira vez que Sol a ouve falar num tom de voz normal, desde que chegou.

Sol vai para a outra sala, para junto do piano, passa a mão sobre a madeira escura e brilhante.

O táxi já deve estar chegando, diz Hugo.

Aproxima-se de Sol, pega sua mão brevemente e põe ali um pequeno objeto.

Não sei se isto foi feito para ser usado por uma rainha, ele diz. De todo modo, tem sua aura de realeza e de sagrado. Queria que você ficasse com ele. O sol de rubi está no centro, lembra? E proporciona equilíbrio astrológico.

Sol fica perplexa. Não posso, ela começa a dizer, mas Hugo a interrompe — o que ela depois acha curioso, ao recompor mentalmente a cena, porque ele não diz nada, ele a interrompe com um simples gesto da cabeça. Ela não entende o presente, acha descabido. Ou talvez entenda e não ache descabido. A chuva está mais forte, cai com um chiado sobre as plantas, sobre o cascalho lá fora. Denise chama da porta de entrada, avisa que o táxi chegou, mas Sol não presta atenção. Só o que ouve é o ruído da chuva, o ruído da chuva, que parece que vai continuar caindo para sempre.

Circo Rubião

Um saiote branco de tule, chegando quase ao joelho, por cima da malha branca, e mais a meia-calça e os sapatos engraçados. O saiote de tule, com um buraco aqui ou ali, é salpicado de pedrinhas translúcidas — talvez quando as luzes incidirem sobre elas o picadeiro se transforme numa nova Via Láctea, Soninho e Traça pisando no universo noturno e virando o negrume do avesso, distribuindo estrelas, tirando do vazio o brilho de uma infinidade de promessas luminosas.

Só o nariz não é branco, naturalmente. Soninho segura a bolota vermelha na mão espalmada e seu coração pula, trepida, saltita. Traça pinta cuidadosamente seu rosto, cobre a testa e as bochechas e o queixo com o pancake branco, espalha. Traça tem a mão mais suave agora — é toda macia, mão de tule. Mas nos últimos dias seu aperto era capaz de quebrar o mundo ao meio. Nada de certos ou errados. Nada de permitidos ou proibidos. Nada de olhar para trás e ensaiar o mais leve arrependimento.

E agora que o mais difícil já está feito, Traça ganhou uma suavidade nova na mão. Soninho acha os cabelos dela muito bonitos, tão encaracolados e armados, pesados, mas mesmo assim levitando dois dedos acima dos ombros. Os cabelos de Soninho, Traça prendeu num coque, e por cima colocou uma peruca toda branca, de cachinhos curtos.

Agora fecha os olhos, Traça pede.

Soninho obedece. Sente o lápis de leve sobre as pálpebras de seu olho esquerdo, desenhando quatro gotas compridas. Norte, sul, leste e oeste. Todas elas ao seu dispor, todas elas agora ao alcance de seus olhos e de seus pés.

Tô ficando bonita, Traça?

Linda. Já tô quase acabando. Pronto. Agora pode abrir os olhos.

Por que você fez o desenho num olho só?

Quer saber? Tô improvisando. Eu ia fazer nos dois, mas ficou lindo assim num só, no olho esquerdo. Agora fecha a boca.

Soninho sente a ponta do dedo de Traça passando o batom.

Traça?

Ã?

Tô nervosa.

Diante do espelho velho, comido pela doença e quebrado numa ponta, Traça se apruma, endireita o corpo esguio. A lâmpada fraca pende do teto, na ponta de um fio deselegante e torto.

A malha branca, que sobe até o alto do pescoço, modela o corpo bonito de Traça, sua cintura fina. Das cavas saem dois braços pálidos e ligeiramente musculosos. Ela coloca as mãos sobre os ombros de Soninho, sentada no banco de madeira, cuja malha idêntica porém em tamanho menor cobre um peito de menina, e dela seus bracinhos franzinos brotam como dois gravetos de uma árvore seca. Traça fita Soninho nos olhos, no reflexo do espelho, e diz vai dar tudo certo.

Com isso, ajeita a bolota vermelha sobre o nariz da menina, ajusta bem o elástico, e depois aperta o corpo magrelo num abraço. Da peruca branca se desprende um leve cheiro de naftalina. Traça afunda o nariz nos cachinhos de náilon e aperta os olhos para segurar umas lágrimas inoportunas. Agora não. Depois. Mais tarde. Agora não.

Cuidado para não estragar essa maquiagem. Deixa eu acabar de me arrumar que só temos meia hora, ela diz, mas a menina continua a olhar hipnotizada para o espelho, como se aquele fosse o mais belo e luxuoso camarim do mundo.

Os meninos estavam na rua jogando bola. Eram três horas da tarde e o galo cantou. Galo idiota. Camila procurava a tesoura nas gavetas da cozinha. Vai vaaaaaaaaai porra não acredito puta que o pariu!, vinha a voz do menino lá da rua, parecia ser Evandro, seu irmão.

Camila estava com calor. Aquela casa estranha e verde era mais quente do que a outra. Sentia seus braços se colando ao corpo na altura das axilas. Quando os movimentava, pareciam deslizar sobre dobradiças besuntadas com óleo. Encontrou a tesoura na segunda gaveta, em meio a umas facas, a concha do feijão, o espremedor de batatas e uns canudinhos velhos listrados de vermelho e branco. Depois foi para a sala. Chuta essa porra dessa bola! Apanhou o papelão que tinha guardado na véspera, debaixo da cama, debaixo da caixa de sapato que servia de cama para sua boneca Filomena.

E foi então que o homem de bicicleta passou lá fora. Aliás, homem não: aquilo era um acontecimento, um prodígio, uma maravilha. Vinha de bicicleta com um barulho muito maior do que os palavrões dos meninos jogando futebol. O falatório meio distorcido, com uma música animada no fundo, pescou Camila, que foi até a janela, e depois até a porta, como se a janela não fosse suficiente para o tamanho da sua curiosidade. E ele passou.

Usava uma malha verde apertada que cobria as pernas e o tronco e depois morria numa cava muito funda ao redor dos braços e do pescoço. Atrás dele esvoaçava uma capa prateada, e junto ao peito magro ele trazia uma imensa, uma gigantesca flor branca de pano. Os cabelos pretos estavam penteados para trás com brilhantina, grudados na cabeça. E o falatório mais a música animada vinham de um aparelho de som preso à garupa da bicicleta. Repetia: o Circo Rubião se despede da cidade antes de prosseguir em sua turnê nacional. Duas últimas semanas! Crianças e maiores de sessenta anos só pagam meia-entrada. Praça dos Melros, sábados e domingos às dezenove horas. Aos domingos, matinê às dezessete horas. Um espetáculo inesquecível para toda a família!

O circo, pensou Camila. Como será que é o circo? Será que no Circo Rubião tem engolidor de fogo e trapezista? Será que tem mágico serrando no meio a linda mocinha de maiô violeta? Será que tem palhaço? Deve ter palhaço, com certeza tem palhaço. Mais de um, até.

Os meninos interromperam a partida de futebol. O goleiro do time de Evandro segurou a bola debaixo do braço e foram todos para o meio da rua ver o homem de malha verde e capa prateada. Riram dele, assoviaram, debochando, mas sem levar o deboche muito a sério. A maravilha os assustava e fascinava. Quem é que não quer ter uma capa prateada, lá no fundo bem fundo do coração? E passar deslizando pelo mundo numa bicicleta que fala e toca música, com aquele corpo magro de pessoa inexistente, pedalando, pedalando apenas, enquanto o vento atiça a alma de pano e prata que se despega de nós?

Os meninos riram. Desconcerto. Assombro. Admiração pura, fascinação. Depois continuaram o jogo, enquanto o Circo Rubião seguia a se anunciar aos brados, na garupa do homem mágico.

Camila ficou na porta de casa um instante a mais do que devia. E nesse instante, em que se esqueceu de si mesma, outra Camila acenou, convidando. Outra Camila passou os dedos suaves pelo braço daquela Camila, ali onde havia a marca circular da queimadura de cigarro, perto do cotovelo.

Mas depois a mãe pediu desculpas, até chorou, disse a primeira Camila.

Ela sempre pede, ousou dizer a segunda, enquanto olhava para o espaço vazio por onde havia passado o homem verde-prata.

E voltaram para outro vazio, o daquela casa quente e daquela vida que nunca tinha ido ao circo. Usando o papelão e a tesoura, Camila queria fazer os enfeites para a festa de aniversário de sua boneca. Uma festa de aniversário secreta, sem outras bonecas porque as outras bonecas tinham sido vítimas de uma tragédia. Mas Filomena merecia aquela festa. Com a tesoura, Camila recortava devagar silhuetas de coisas bonitas. Estrelas. Maçãs com cabinho e uma folha presa. Luas crescentes. Corações.

Tá costurando, Marina?

Não. Fazendo crochê.

Zacarias esticou o pescoço, viu a agulha de metal desenhando minhocas imaginárias no ar.

O que que é? Um casaco? Um cachecol? Você vai precisar, né, agora que a gente vai pro sul.

Marina balançou a cabeça. Tô fazendo uma meia arrastão.

Zacarias suspirou, lembrando-se das pernas de Marina dentro da meia arrastão de crochê — ou melhor, as pernas de Traça, que era aquela palhaça em que Marina se transformava depois de colocar a bolota vermelha no nariz. Traça só usava coisas reaproveitadas, dadas por alguém ou feitas à mão. Como a meia de crochê.

Marina levantou os olhos, abaixou de novo. Estava sentada numa cadeira de praia, na sombra da mangueira, os cabelos presos. Naquela cidade fazia calor. Quando Zacarias saía para anunciar o circo em sua malha verde-esmeralda e sua capa de prata, voltava suando em bicas. Mas agora já não teria mais de passar por isso, pobre Zacarias, se bem que ele gostava, se divertia. No dia seguinte o circo ia embora. No dia seguinte, mais uma segunda-feira no circo.

Você tá estranha, ele disse.

Estranha por quê?

Calada demais.

Marina deu de ombros. Ela era sempre meio calada mesmo. Não sabia por que Zacarias tinha resolvido só reparar nisso agora, trabalhavam juntos no Circo Rubião fazia tantos anos, e como em todo circo que se preze, e como toda gente sabe, eram parte de uma mesma família. Desde quando Zacarias não sabia que Marina tinha aquele jeito dela, como que coberto pela névoa, como que toldado por um saiote de tule? Marina tinha uns mistérios. Parecia intangível. Mas só ela mesma sabia o quão carne e osso eram sua carne e seus ossos.

E além do mais tinha uma música tocando no toca-fitas e ela estava querendo ouvir.

Zacarias sentou-se no chão perto de Marina e olhou para a rua, para os paralelepípedos da rua diante da lona do Circo Rubião, de dentro da sombra macia da mangueira. Suspirou de novo.

Na música, uma voz macia de mulher cantava: menina amanhã de manhã quando a gente acordar quero te dizer que a felicidade vai desabar sobre os homens.

Ele olhou para Marina. Ela cutucava o ar com a agulha de crochê da qual ia surgindo a meia arrastão. Quem sabe, ele disse. Quem sabe.

Quem sabe o quê, Zacarias?

Amanhã de manhã a felicidade vai desabar sobre os homens. Você acha que vai?

Marina deixou o crochê parar no meio de um ponto. A verdade era que havia mesmo um segredo. Zacarias não estava errado em achá-la particularmente calada. Dizia a música: na hora ninguém escapa, debaixo da cama ninguém se esconde — a felicidade vai desabar sobre os homens.

Fazia naquele dia dois meses que o Circo Rubião tinha chegado à cidade. Dois meses: oito finais de semana, vinte e quatro espetáculos. Vinte e quatro vezes em que Teleco puxara pombas da cartola e lenços da manga da camisa. Vinte e quatro vezes em que Bárbara desenhara ovais na boca do público enquanto evoluía em suas acrobacias aéreas, no lindo trapézio de veludo vermelho.

E Zacarias pensava, amolecido pelo suor e pela sombra da mangueira, pensava meio sem pensar nas pernas de Traça dentro da meia arrastão.

Bárbara termina seu número. É agora. A palhaça. Extasiado pelo corpo esguio e perfeito dentro da malha justa bordada com lantejoulas — a malha cor da pele que faz com que Bárbara pareça estar nua, apenas coberta por uns brilhos intermitentes de prata —, o público precisa recuperar o fôlego. Depois será o número dos malabaristas, vão usar tochas acesas. Agora, portanto, que venha a palhaça. Que venha, autorizando o riso, desfazendo o trágico e o incompreensivelmente grande.

Porque aquela palhaça é pura banalidade. É pura miséria. É o mistério puro da felicidade meio-fio, a felicidade que se desprende do chão, que vem da própria tristeza, num sussurro. As roupas velhas, rasgadas, reaproveitadas, uma meia arrastão feita de crochê. Traça, a palhaça, que ganhou seu nome pelo apego às velharias e pelo gosto por livros antigos. Traça, graciosa e fluida no meio de seu andar desengonçado, os pés abertos de Carlitos dentro dos sapatos gozados, brancos (foi ela quem pintou) e muito maiores do que os seus pés. Tropeça assim que chega ao picadeiro. Cai sentada.

Os olhinhos das crianças brilham. Riem. Ela caiu, ela caiu! De bumbum no chão! A sainha de tule esburacada se abriu como uma flor. Traça se levanta, esfrega o bumbum machucado, sai mancando. Vem o homem de macacão amarelo, uma escada na mão. Vem olhando para trás, distraído. Traça vai andando, olhando para trás ela também enquanto esfrega o bumbum machucado. Já todo o público ri, nervoso e deliciado, antecipando o encontrão que vão dar Traça e o homem de macacão amarelo. Cuidado, olha pra frente!, gritam alguns.

De um lugar escuro e estranho, Soninho ouve os risos do público. Os silêncios de expectativa. Os gritos e assovios. Acompanha os movimentos de Traça no picadeiro e toca com a ponta dos dedos o nariz vermelho. Colocar o nariz, disse-lhe Traça, é vestir a alma do palhaço. É nesse momento que a gente se transforma. É quando coloca o nariz. Não sei o que vai se passar pelo seu coração. Mas eu me sinto apaixonada. Eu penso num homem de olhos verdes como um mar que eu nunca vi, um homem que existiu e não existiu, e fico ao mesmo tempo muito feliz e muito triste. Essa é Traça. Caio de bumbum no chão por causa do meu amor. Faço caretas, abro os braços, rodopio e corro porque há alguma coisa insuportável de tão grande em mim. Mas ao mesmo tempo sou pequena. É como se eu fosse uma pequena rã na beira do rio. Como na música do sapo-cururu, você conhece? Quando ele canta, é porque sente frio, não é assim? Quando colocar seu nariz, deixa vir o frio, a surpresa e o susto.

Traça lhe disse todas essas coisas, depois ficou atenta para o término do número de Bárbara, anunciado pelos últimos acordes daquela música tão grandiosa. E agora é ela, é a sua vez, estreia mundial da palhaça Soninho. Olha para dentro de seu próprio coração, que imagina vermelho feito o nariz preso em seu rosto com um elástico fininho. Encontra o frio, encontra a surpresa e o susto. Provavelmente é porque então o amor está ali também.

Evandro era o mais velho. Tinha quinze anos. A idade não impedia que apanhasse como os outros. Mas ele descobriu que, pelo tamanho, estava autorizado a descontar nos mais novos os cascudos que recebia.

Só que, naquele dia, nada de cascudos em Camila. Lá dentro, no quarto, Marialice, que era a menorzinha, estava chorando. A mãe tinha dito a Joana que cuidasse dos pequenos, Marialice e Luiz Fernando, mas Joana não tinha muita paciência. Ainda bem que ninguém me mandou fazer nada hoje, pensou Camila, e Evandro já estava esbravejando por causa de alguma coisa, mas Camila não ficou para ver o que era. Pensou em Marialice fazendo birra lá dentro ou chateada por algum motivo nobre, e no nariz de Luiz Fernando escorrendo, como escorria sempre, tanto que ele já nem ligava mais, mas aquela tarde era sua.

Aquela tarde era do circo. Não contou a ninguém. Sabia o que aconteceria depois. Sabia que quando chegasse em casa, se o pai e a mãe já estivessem lá, seria igual a tantos outros dias e noites. Por isso, escondeu a boneca Filomena num canto do quintal — para ela não ter o destino das duas outras bonecas, que o pai amassou com o pé durante uma zanga.

O que mais doía em Camila era aquela lembrança. Mais do que os pedaços machucados de seu próprio corpo, mais do que tudo, as palavras, o vozerio, a confusão, a forma esquisita com que aquela família confluía em sua memória de curtos onze anos de idade. O pai não gritou, naquele dia. E o assunto nem era com ela: a bronca era com Joana, mas Camila teve pena de Joana quando viu a mão imensa do pai cair em cheio nas costas dela, e alguma coisa se mexeu debaixo de sua pele, alguma coisa a empurrou, e depois só se lembrava disso, só se lembrava do pé amassando as bonecas, o plástico estalando, a cabeça afundando, as pernas e braços se desconjuntando. Por sorte Filomena dormia debaixo da cama. E por isso agora era preciso cuidar de Filomena, cuidar muito bem dela.

Que se danasse tudo. Aquela tarde era sua. Aquela tarde era do circo. E no dia seguinte seria o aniversário de Filomena, já estava tudo pronto para a festa da qual as outras bonecas não iam participar, mas de certo modo ter guardado Filomena era uma vitória.

Camila vestiu a melhor roupa. Colocou a blusa branca de alcinhas e a saia de brim. Amarrou os cabelos, fez uma trança, e na ponta da trança prendeu aquele elástico dos dadinhos amarelos. A tarde acabava como se não quisesse acabar. O céu tinha algumas nuvens mas naquela tarde não podia chover, como não choveu de fato. Naquela tarde, tudo tinha que ser temporariamente perfeito.

Como foi, de fato. Na fila para comprar seu ingresso, Camila remexia no bolso as notas de um real. Seu dinheiro. Só seu. Guardado, agora ela sabia, para um dia entrar na fila e comprar ingresso para o Circo Rubião. A lona, azul, era como o silêncio a envolver um segredo. O que haveria debaixo daquela lona? Que coisas Camila veria, testemunharia, guardaria para si, dentro dos olhos, naquela tarde proibida e temporariamente perfeita? Ela pensou na lona como uma caverna. Um esconderijo. Um lugar onde o mundo era outra coisa e onde ela, Camila, sendo outra coisa, seria finalmente Camila.

Comprou o ingresso e também uma maçã do amor. O doce duro e açucarado que envolvia a fruta lambuzou sua boca. Ela nem se importou. Aquele era o seu esconderijo, sua caverna secreta, e naquela tarde só sua ela podia lambuzar a boca à vontade e até ficar enjoada de tanto açúcar.

Até que finalmente estava na hora de entrar e ver aquilo de que não suspeitava: por dentro, a lona do circo era maior do que por fora. Não restavam dúvidas. Maior, e salpicada de estrelas. Para Camila, era como estar diante do primeiro namorado. Ela se sentiu assombrada, e foi como se o falatório das pessoas ao seu redor aos poucos a levasse até uma certa cadeirinha preta de plástico, uma cadeirinha no meio de tantas outras, mas um lugar que era seu desde o início dos tempos.

Sim, sabia como era o pai e como eram as surras de cinto, mas se sentia estranhamente vingada, a antecipar alguma coisa, como naquele momento em que a linda trapezista Bárbara, em sua malha cor da pele, existia apenas no ar, em meio ao reluzir das lantejoulas.

Na sombra da mangueira, Zacarias se levantou. A música tinha terminado e Marina desligou o toca-fitas. Não queria ouvir nenhuma outra música além daquela. Queria ficar com ela no ouvido, para se repetir que o inevitável era, afinal de contas, inevitável. No dia em que ouviu a música pela primeira vez, pareceu-lhe um recado. Uma sacudidela para que fizesse o que sabia que tinha, que devia, que precisava fazer. Uma sacudidela para que entendesse, de uma vez por todas, qual era aquela inevitável felicidade.

A felicidade. Menina, ela mete medo. Menina, ela fecha a roda. Menina, não tem saída, de cima, de banda ou de lado. Menina, olhe pra frente. Menina, todo cuidado. Não queira dormir no ponto, segura o jogo, atenção de manhã.

Gravou do rádio?, perguntou Zacarias.

Gravei. Ouvi uma vez, depois telefonei e pedi pra tocarem de novo, que eu queria gravar.

E tocaram?

Claro que tocaram, ué. Me disseram vamos tocar na hora tal, e eu fiquei esperando e gravei.

Zacarias deixou o silêncio se esticar um pouco. Depois comentou não vou sentir saudade daqui. Não vejo a hora da gente ir embora.

Aguenta mais um pouquinho, Zacarias. Tá quase.

Marina apertou um botão do toca-fitas, aquele com as letras rew, rebobinou a fita cassete. Apertou outro botão. Play.

De novo?, perguntou Zacarias.

E se dessa vez você ficar bem quietinho eu agradeço.

Zacarias suspirou. Como gosta de suspirar, pensou Marina, passando rapidamente os olhos pelo perfil do rapaz, era um menino, na verdade — quem lhe daria mais de vinte anos. Mas já tinha seus trinta.

Menina amanhã de manhã quando a gente acordar quero te dizer.

Zacarias.

Ué, não era pra fazer silêncio?

Zacarias, tô precisando da sua ajuda. Você é capaz de guardar um segredo?

Camila não sabia muito bem como aquela casa tinha ido parar na sua vida. Só sabia que era quente. Verde e quente. Quando o pai estava em casa, consertava carros dos outros, e o barulho do motor tornava a casa mais quente ainda.

A casa parecia alguma coisa que alguém tivesse sonhado. Bonita e feia ao mesmo tempo. Velha, com um telhado de zinco cada vez mais quebrado. Mas tinha dois andares e um monte de janelas. Era muito maior do que a outra casa. E Camila continuava sem entender: se agora eram ricos, não teriam se mudado para uma casa como aquela. Mas se continuavam pobres, também não teriam. Pensava nisso, e se calava, porque às vezes era melhor se calar, embora nem sempre fosse suficiente.

Certa vez uma das brigas entre o pai e a mãe começou enquanto ela colava o adesivo na janela do quarto, no andar de cima. Primeiro viu Luiz Fernando chorando lá embaixo no portão. A mãe saiu de casa, estava de camiseta e calcinha, e foi para a rua assim mesmo, dali a pouco já estava lá na esquina, gritando muito. Algumas pessoas foram atrás dela, inclusive o pai, mas o pai aparentemente queria brigar mais, e as outras pessoas tiveram que separar os dois.

Depois, no dia seguinte, foi todo mundo comer pizza — ela, o pai, a mãe, Marialice, Luiz Fernando, Joana e Evandro. Num rodízio de pizza que tinham inaugurado em frente à rodoviária. Todo mundo riu, Marialice derrubou um copo de guaraná na mesa e tudo bem, e ela comeu pizza de banana com canela e achou que era a coisa mais deliciosa do mundo. O pai e a mãe dividiram cervejas de mãos dadas. Havia épocas assim, e essas épocas sempre acabavam resultando em mais um irmão para Camila. Também eram épocas em que o pai e a mãe cantavam mais alegremente durante o culto, aos domingos.

Agora, a casa verde e quente esperava por Camila como um mistério familiar feito de zinco e pintura descascando. Mas havia alguma coisa mais misteriosa ainda dentro dela, Camila, alguma coisa doce como pizza de banana e maçã do amor, alguma coisa cujo nome ela desconhecia por completo. No caminho de volta para casa, depois do circo, aquelas duas Camilas que às vezes conversavam dentro dela fabricaram uma terceira, com estrelas no alto dos olhos. E essa terceira Camila não era nenhuma das outras duas, embora fosse ambas. Era como se ela pegasse duas bonecas e trocasse primeiro as pernas de uma pelas da outra, depois as roupas da outra pelas da uma, e misturasse os brincos, os sapatos, até que tivesse uma boneca inteiramente nova, ainda que fabricada com restos. Só que no processo, é claro, sobrariam coisas. Camila poderia guardá-las para um dia quem sabe. Ou simplesmente jogar fora.

Ao chegar diante do portão e ouvir o silêncio profundo da casa no meio do escuro, ela se deteve por um momento, esperando para descobrir seu próximo gesto. Que foi, inesperadamente, um sorriso.

O Circo Rubião foi embora da cidade, com setecentos quilômetros diante de si, até o próximo destino. Setecentos quilômetros rumo ao sul. Era sempre um cansaço, desmontar tudo aquilo, tanta tralha, mas estavam habituados, e havia o gosto pela estrada e pelo que ficava adiante. O circo sobrevivia à custa da saudade, mas muito mais intensamente à custa da expectativa.

No trailer de Zacarias, Marina estava sentada no chão, as pernas cruzadas, um rosto mais pálido do que o habitual. Pendurada na parede por um gancho, a bicicleta sacolejava um pouco, tremia dentro de sua estrutura de metal. No canto, o aparelho de som em breve anunciaria, amarrado à garupa, enquanto Zacarias, verde e prateado, maravilhoso, pedalasse por outras ruas e arrancasse a surpresa de outros meninos: respeitável público!

O Circo Rubião chega à cidade. Curta temporada! Crianças e maiores de sessenta anos só pagam meia-entrada. Sábados e domingos às dezenove horas. Aos domingos, matinê às dezessete horas. Um espetáculo inesquecível para toda a família!

Lá fora a estrada passava correndo. Morros verdes, morros pelados, bois, fiapos de rios barrentos, postes de luz, fios elétricos, quebra-molas, postes de fiscalização eletrônica de velocidade. Caminhões. Silêncio.

Zacarias e Marina não conheciam outra forma de driblar a expectativa além de aceitá-la. Sempre tinha sido assim, em todos os anos de vida e de circo. Se o coração acelerava, que acelerasse. Se naquele mundo do circo tanta coisa se fingia, era porque as coisas fingidas são mais verdadeiras, e nenhuma dor, nenhuma vergonha admitia ser varrida para baixo do tapete. Virava tombo de palhaço, acrobacia aérea, braço mole de polichinelo, labareda na boca do engolidor de fogo.

Então, igualmente nervoso, mas igualmente certo de que a felicidade era inevitável, Zacarias foi até o toca-fitas e colocou a música de Marina.

Menina, a felicidade é cheia de praça, é cheia de traça, é cheia de lata, é cheia de graça. É cheia de sino, é cheia de sono.

Às vezes é preciso ter muita coragem para aceitá-la — a felicidade. Era no que Zacarias pensava. Mas na hora ninguém escapa. No meio do nada, da estrada, do medo, do quase, no meio do mundo Marina se levantou de onde estava, tropeçou na direção de Zacarias e lhe deu um beijo no rosto, agradecida.

Eu não ia conseguir fazer isso sozinha, Zacarias. Obrigada mesmo.

Zacarias sorriu, e não foi capaz de pensar em mais nada.

Quando ouve a deixa, a palhaça Soninho entra correndo no palco. Que curioso, as coisas mudam mesmo com a bolota vermelha no nariz. As pernas são as suas, mas também são as de Soninho (em sua estreia mundial, respeitável público!).

Não está muito certa sobre o que acontece no picadeiro, durante os momentos em que está ali. Mais tarde, em seu colchonete, no trailer que divide com Traça, vai tentar lembrar. Agora, porém, tem diante dos olhos aquela flor imensa e branca que Traça leva no alto da cabeça, meio de banda. Lembra-se da flor quase idêntica no peito de Zacarias, quando passou pela porta da casa de Camila, há algumas semanas.

Camila ficou setecentos quilômetros para trás. Camila ficou sob a forma de um vazio dentro da casa habitada pelo vazio, e Soninho não quer saber se virão atrás dela, se vão procurar, se vão encontrar. Não quer saber o nome daquilo que fizeram.

Ela fugiu com o circo, assim como uma porção de crianças sempre quis fazer, ou até fez?

Aquele sonho que no fundo é o sonho de todo mundo, de toda história, de toda vida? Aquele impulso que tantas histórias reais já inventaram, e que tantas histórias inventadas já realizaram?

Ou será que foi raptada por dois adultos? Não, raptada não, ela quis, ela concordou! Ouviu Zacarias dizer uma palavra estranha, com um ar preocupado: aliciamento. Mas sente-se momentaneamente salva, sente-se tão nova e cristalina dentro da meia arrastão que Marina fez para ela, da peruca branca que Marina arranjou para ela no meio de seus mafuás, da malha e da sainha de tule que Marina fez imitando as de Traça.

E ao mesmo tempo tudo é de um silêncio intenso, as risadas e aplausos e assovios e gritos do público são o silêncio em que as coisas fermentam, em que a semente espera para cumprir sua vida de semente.

Soninho aprende no picadeiro a coser sua alma de palhaça, sua vida de palhaça. Ali mesmo já sabe como vai ser. Nada pode dar errado, e não vai dar, e o frio do sapo-cururu na beira do rio é muito mais seu do que o calor sob as telhas de zinco na casa verde e descascada. Quem sabe um dia, quando for mais velha, adulta, ela e Marialice, Luiz Fernando, Joana e Evandro, quem sabe até o pai e a mãe — quem sabe. Mas há segredos, há mistérios a preservar.

Há aquele encontro a guardar no cristal de seu nariz-coração vermelho: o momento em que viu Traça entrar no picadeiro, naquela tarde tão diferente de tudo, quando havia ido sozinha ao circo vestindo sua blusa branca de alcinhas e a saia de brim. Há o impulso de ter ido procurar Traça no camarim depois, e ter encontrado Marina, e ter escolhido Marina e Traça naquele mesmo instante para serem sua nova família. Uma família mais branca do que a névoa, do que a nuvem, do que um saiote de tule.

Nos momentos em que estiveram juntas fazendo planos, durante as últimas duas semanas do Circo Rubião em sua cidade (Duas últimas semanas! Crianças e maiores de sessenta anos só pagam meia-entrada.), Marina falou a Camila de uma certa música. Tinha gravado do rádio. Pôs para tocar. Menina amanhã de manhã quando a gente acordar quero te dizer que a felicidade vai desabar sobre os homens. O mundo é pular de cabeça como se tudo se resumisse a uma piscina escura cujo fundo não há como adivinhar. A felicidade é um temporal que vem para encharcar e para despregar as coisas do chão, um sol tão forte capaz de iluminar tudo pela primeira vez, um desmoronamento de paredes de algodão que vêm para aninhar. Agora Camila sabe, agora que colocou o nariz e a alma de Soninho, sabe que não há mesmo como fugir da felicidade, porque ela fecha a roda, porque quando é sua vez ela desaba sobre os homens cheia de traça e de graça e de lata e de pano e de sono.

As luzes ofuscam seus olhos muito abertos. Erguendo os dois braços e abaixando-os numa longa mesura, Soninho cumprimenta o público, agradece as palmas. As pequeninas pedras translúcidas em sua saia de tule oscilam devagar, e Soninho sente que amanhã de manhã é agora, mesmo que seja também nunca mais: ser agora é ser para sempre. As coisas palpitam ao seu lado, coloridas, e palpita o verde precioso dos olhos de alguém que ela ainda há de conhecer e amar nem que apenas por uma tarde de circo. Ela é o sapo-cururu na beira do rio. Ela é a flor branca e imensa encolhida no susto da semente.

O escritor, sua mulher e o gato

Fazer a mala. Comprar uma mala, em primeiro lugar, porque a minha tinha ficado com a ex-mulher, assim como o filho, o cachorro, as panelas, a roupa de cama e todo o resto. Eu ia visitar outro país e lá era outra estação. Eu não tinha a menor ideia de como era o verão lá. Nem do que devia botar na mala, para a viagem breve — uma semana — cujo objetivo era fotografar um velho escritor excêntrico de quem ninguém se lembrava mais.

Durante catorze anos, tinha sido ela a arrumar minhas malas, quando a gente ia passar o fim de semana na serra ou umas férias na praia. Durante catorze anos minha mulher tinha arrumado minhas malas, separado cuecas e meias, escolhido calças e camisas dependendo do destino e da estação, e agora eu era como um menino atrapalhado com a súbita maturidade. Mas como eu apreciava esse anterior, digamos, gerenciamento de mim! Sempre corri o risco de me perder. E de perder as coisas. Pior do que isso: de perder as pessoas.

Deve ser por isso que fotografo. Para não perder tanto assim.

Um mês antes, eu tinha decidido arriscar: ir fotografar Gérard Baer, o escritor francês, judeu de origem alemã. Que ninguém sabia mais quem era, mas acabava de ganhar um baita prêmio, então uma editora brasileira tinha resolvido relançar um de seus romances — o principal deles, o mais famoso, que famoso já não era mais, pelo menos a sul do equador. Resolveram caprichar na produção, queriam fazer uma exposição em torno dele com manuscritos, primeiras edições mundiais dos seus livros e fotos recentes e inéditas. O marketing em torno do que, desconfiavam, talvez não fosse interessar muito por si só. Uma amiga estava trabalhando no projeto, me disse que iam contratar um fotógrafo local para o trabalho. Eu disse e que tal se eu fosse?

Tá maluco? A gente não tem verba para isso, não.

Vocês me pagam a mesma coisa.

Não vai ser muito.

Não tem problema.

E você faz como com a passagem, com a hospedagem?

Eu me viro.

Você se vira (ela sabia que as coisas não andavam lá muito fáceis).

É, eu me viro.

O projeto me interessava. Menos pelo escritor e por seus livros, que eu não conhecia, do que pela possibilidade de abrir os olhos e me deparar com algo muito diferente de mim. Por uns poucos dias que fossem. Cidade, país, um escritor francês, judeu de origem alemã. Rodar numa outra bitola para ver se isso me ajudava a arejar um pouquinho as ideias. Tinha um preço, claro, mas que diabo. Eu me virava. Eu sempre me virava.

Por telefone, o escritor me contou a origem do seu sobrenome (falava um punhado de idiomas, entre os quais um português bastante decente). Os nomes dos doze filhos de Jacó tinham originado sobrenomes judaicos por causa dos animais a que eram comparados, na Bíblia. Judá, o leão, foi dar nos Lyon da França e os Loewe da Alemanha. Benjamim, o lobo, resultou em Wolf e variações. Issacar era comparado ao asno, que acabou substituído pelo urso. De onde vieram Behr, Bernard, Bernhardt e Baer.

Um excêntrico, me disseram. A falta de paciência que eu tenho com os excêntricos! Eu conhecia poucos franceses e nenhum escritor (não que me lembrasse, pelo menos). Fiz só fotojornalismo nos primeiros anos de profissão. Seção de esportes. Depois migrei para a seção cultural, mas era basicamente teatro, dança, música. Até que começaram a aparecer uns trabalhos avulsos, aqui e ali. Esporádicos, antes. Depois nem tanto. Mas nunca tinham a ver com escritores.

O tal Baer acabava de completar oitenta e cinco anos de idade e o tal baita prêmio tinha vindo na ocasião do cinquentenário da publicação do tal romance importante dele, *O imigrante,* traduzido no Brasil por Cecília Meireles nos anos 1960. Gérard e Cecília tinham trocado correspondência, as cartas tinham sido preservadas e entrariam na exposição também.

Era assim: o sujeito tinha publicado seu grande livro aos trinta e cinco anos de idade e depois passado os cinquenta seguintes correndo atrás de si mesmo, o cachorro e o rabo, cinquenta anos tentando se superar, cinquenta anos tentando matar o pai que era ele mesmo. E talvez até mesmo se superando, dentro da visão que ele próprio tinha de sua obra, dentro de seu projeto literário — fosse lá o que isso fosse —, mas sem conseguir fazer público e crítica concordar.

O editor que contratou os meus serviços disse que o melhor dos livros de Baer era *O imigrante.* Depois ele foi ficando progressivamente mais difícil, e foi deixando o público leitor ressentido. Como se tivesse esquecido esse mesmo público leitor que no início o amava tanto. Para os especialistas, sua ficção foi aos poucos ganhando tintas de ensaio filosófico, e uma complexidade poética debitável à influência crescente da obra do poeta Paul Celan, sobrevivente do Holocausto, que ele conheceu e com quem conviveu em Paris nos anos 1950. O suicídio de Celan por afogamento no Sena, em 1970, teve um impacto profundo no pensamento e na obra de Baer. Disse o editor que contratou os meus serviços.

Tudo isso não estava nem na periferia dos meus interesses habituais, mas eu tinha uma semana para bater papo com Baer, se quisesse: tempo demais e tempo de menos, como eu veria. Arranjei um apartamento onde poderia cozinhar, ouvir música. Um quarto e sala numa tal rue Deparcieux, nome que eu não sabia como pronunciar, e que ficava perto de um cemitério famoso.

Antônio estava comigo na tarde da arrumação da mala. Eu tinha ido buscá-lo na escola, como fazia toda terça.

Eu queria viajar com você, ele me disse. Queria passar por cima do mar de avião.

Mas é viagem de trabalho, e depois você tem aula, não é?

Tem um lugar lá que chama Eurodisney. O meu amigo foi.

Olhei para ele. Cabelos claros feito os da mãe, só que meio espetados. Magrelo.

O sujeito, o escritor que eu ia fotografar, ia agora escrever uma história de amor: já estava na idade, ele me disse por telefone. Admirei o seu domínio da minha língua, depois veria que isso para ele não era nada de mais. A tal história de amor, Baer me contou, seria ambientada na sua cidade, onde tinha nascido e vivido durante todos os seus oitenta e cinco anos. Fazia três décadas que morava no mesmo apartamento, disse, e combinou de me receber ali para jantar numa sexta-feira, no dia seguinte à minha chegada.

Todas as coisas na minha vida agora têm esses números, ele me disse. Três décadas num apartamento, oitenta e cinco anos de idade, cinquentenário de um livro. Faz cinquenta e seis anos que sou casado com a mesma mulher. Não é incrível?

É incrível. Ela nunca te pediu para ir embora?

Várias vezes.

Pelo visto, nossos casos eram bem distintos. No meu, não tinha havido negociação. Não era possível morrer só pela metade. Enterrar-se pela cintura e observar o apodrecimento de cinquenta por cento do corpo enquanto os outros cinquenta por cento vão ler o jornal ou tomar um porre ou tirar umas férias.

Baer me disse que se quisesse eu poderia chegar mais cedo, na sexta-feira do jantar, e aproveitaríamos a luz da cidade no verão para as fotografias. Ele morava num lugar bonito. E o sol não se punha antes das dez da noite, àquela época do ano.

Esperamos você. Tome nota do endereço e do código da porta, por favor.

Antônio me pediu que levasse para ele um daqueles pequeninos prismas de vidro que têm uma imagem tridimensional dentro, translúcida, retratando algum ponto turístico. O amigo dele tinha um. Antônio estava tendo aulas de violão e dedilhava, meio desajeitado, uns acordes no instrumento, enquanto eu fechava a mala com as roupas que julgava adequadas. Temperaturas entre os quinze e os vinte e cinco graus no mês de junho, era o que tinha lido. Convinha levar sapatos confortáveis para andar. E um guarda-chuva.

Tive um sonho com Antônio naquela mesma noite. No sonho, ele estava debaixo d'água. No fundo. Não tinha mais ar nos pulmões e nadava na direção da superfície. A água era de um azul cristalino e maligno. Do alto, o sol em fatias. Acordei antes do despertador, o coração acelerado, a impressão de também ter mantido, no sonho, o fôlego suspenso. Como respirar, se o seu filho não respira? Como ser pai e continuar vivo, e sendo pai, se o seu filho se afoga? Não importa que seja um sonho. O sonho, na hora do sonho, não se sabe que é sonho. O sonho é a única verdade do sonho.

A moça que tratou do aluguel do apartamento onde eu ficaria naquela semana era brasileira. Me explicou por e-mail: pegue o trem e depois o metrô. É mais rápido e mais barato que táxi. Da estação de metrô até o prédio são poucos quarteirões a pé. Você procura uma rua chamada Daguerre. A Deparcieux é transversal.

Daguerre, um fotógrafo, expliquei ao Antônio.

O quê?

Um homem que inventou uma coisa chamada daguerreótipo. Deve fazer uns duzentos anos. Uma fotografia sem negativo.

O que é negativo?, Antônio perguntou.

Uma coisa que usávamos antigamente. Que eu usava, quando comecei.

Ainda existe?

Existe.

A gente tem como conseguir um?

Tem. Eu te mostro.

Que nome. Daguerreótipo.

É uma lâmina de cobre coberta com iodo. Você coloca a lâmina numa câmara escura e expõe a uma imagem por um tempo, uns vinte minutos, depois revela a imagem com vapor de mercúrio. O resultado é tão delicado que você precisa proteger com um cristal e evitar o contato com o ar.

Parece complicado.

Quando cheguei à rue Daguerre, em busca do apartamento, passei pela feira livre. Vendedores gritavam morangos, cerejas, tomates. Carnes. Siris vivos, fadados à morte por escaldamento. Ventava, havia uma ameaça de chuva.

Pensei no livro de Baer. *O imigrante.* A quem será que pertenciam as cidades? Aos que nasceram e cresceram ali? Aos imigrantes, refugiados, estrangeiros? Será que aquela cidade tinha, lá no seu íntimo, seus favoritos? Será que tinha seus eleitos?

A moça do apartamento se chamava Carla e estava me esperando lá. Uma faixa prendendo o cabelo e uma porção de colares sobre a camiseta. Os saltos altos sob a barra das calças jeans. Explicou como funcionavam as coisas no apartamento. Chuveiro, fogão elétrico, cafeteira, televisão. Disse que para os outros equipamentos, se eu precisasse, havia manuais numa gaveta. Sobre a mesa, de cortesia, uma cesta de frutas e uma garrafa de água mineral. Havia também um vaso com flores. Quando sair, não esqueça de fechar as janelas.

Disse que viria buscar as chaves no último dia e me disse para telefonar se precisasse de alguma coisa.

Puxa vida, eu precisava de tantas coisas! De um ramo de oliveira. De uma dança dos sete véus. De uma terça-feira gorda. Mas só agradeci. Ela apanhou o casaco que estava sobre a cadeira.

Peguei a câmera num pulo, antes que a moça se desmanchasse no ar. Ela sabia que eu era fotógrafo, afinal, e não havia nada de esquisito naquilo (não havia, certo?). Fotografei-a ali mesmo, junto à janela, entre flores e frutas e uma garrafa de água mineral. Nem sei por quê. As coisas se perdem mesmo. Inevitável. Tirar fotografias não equivaleria, num certo sentido, a colecionar borboletas? O colecionador mata o inseto com éter, por avidez ou raiva, ou porque a beleza dói demais e ele não consegue aguentar. Deixa secar o corpo morto, as asas decepadas do movimento, espeta com alfinete, estica, escreve etiqueta de identificação e guarda numa caixa de madeira com naftalina.

Eu poderia bolar uma etiqueta para as fotos daquela moça, meu nome como coletor. Alguns cliques depois e ela já abria a porta do apartamento, mas na metade do corredor úmido, imersa no cheiro de madeira e mofo, ela se virou, à contraluz, e ainda deu uma última olhada na direção do fotógrafo-entomólogo. Acenou e sumiu na moldura de luz do corredor, escada abaixo. Ouvi seus saltos nos degraus tortos de madeira, ouvi a porta da rua batendo.

Meu cabelo estava coçando, meu rosto estava suado. Minha camisa cheirava mal. Deixei que a água quente do chuveiro me devolvesse um pouco de dignidade. Em seguida abri as janelas do quarto, que também davam para a rua. Fiquei um tempo olhando os prédios baixos e antigos. A luminosidade da tarde não condizia com meu relógio interno. Uma fileira de árvores para a direita. Ali é o cemitério, Carla tinha dito. Você devia tirar umas horas para visitar.

Peguei *O imigrante,* que estava em minha mala. Eu tinha lido no avião umas passagens da velha tradução brasileira de Cecília Meireles. Baer parece que tinha estado uma única vez no meu país. Eu tinha comigo outro de seus livros, do total de quatro traduzidos no Brasil: *Terra e argila,* título extraído de um poema de Celan, um romance curto e hermético sobre o tema da identidade judaica, segundo a pesquisa que fiz na internet. Se *O imigrante* não tinha capturado minha atenção, por aquele ali eu não ia nem me aventurar. Embora fosse seu livro mais recente, a publicação já tinha doze anos. Desde então, Baer não havia lançado nada de novo. E agora, conforme tinha dito por telefone, ia escrever uma história de amor. Como pretendia fazer isso? Ele era um autor excessivamente cerebral, dizia-se, e em cinquenta anos de carreira não havia publicado uma única história de amor. Muito embora, como eu tinha lido, vivesse uma história de amor como poucas com sua companheira de cinquenta e seis anos, sua mulher Lucie.

Li que ela era a metade normal de Baer. Se ao longo da carreira ele tinha feito concessões ao mundo, fora graças a ela. Nas leituras em público, dos tempos em que Baer fazia sucesso, frequentemente os dois liam juntos, ou então só ela lia, enquanto ele escutava, os olhos fechados. No lançamento de *Terra e argila* os dois resolveram, de improviso, sacudir a mesmice da apresentação e leram simultaneamente dois trechos diferentes do romance, o que, embora fosse coerente com a proposta ficcional do livro, deixou o público enfurecido.

Havia algumas horas a menos em meu corpo ainda recém-chegado. Não devia ser natural aquilo de viajar pelo relógio do mundo. No dia seguinte eu acordei no futuro, e aquele futuro específico amanhecia muito cedo, às bordas do solstício de verão no hemisfério Norte. Era dia de verdade, luz contundente, luz aliciadora de fotógrafos.

Coloquei meu exemplar de *Terra e argila* na mochila, junto com a câmera fotográfica, e fui para a rua. Seria gentil, pensei, pedir a Baer que autografasse para mim seu livro mais recente. Escritores deviam gostar dessas coisas. Lembrei de colocar na mochila também o guarda-chuva que tinham recomendado. Mas guarda-chuvas e câmeras fotográficas não combinam, quando a gente precisa ter as duas mãos livres, então enfiei também num cantinho o boné que detesto mas que é útil em muitas ocasiões.

Na rua, alguns turistas brasileiros passaram por mim, carregados de sacolas de compras. No chão de uma estação de metrô, um jovem pedia, num cartaz, comida para ele e para o cachorro. Um velho de bicicleta, na margem do rio, parou para me dizer qualquer coisa que não entendi. Em poucas horas o céu fechou, um pé-d'água caiu.

Entrei numa igreja que estava absolutamente vazia. Era de um silêncio secular. Na vizinhança estava a árvore que constava ser a mais velha da cidade, uma acácia bastarda plantada no século XVII. Mutilada por uma bomba, sobrevivente do vendaval que poderia tê-la arrancado do chão mas, reverente, não arrancou.

Assim como a acácia bastarda, a igreja era uma sobrevivente também, a mais antiga da cidade. Feita, refeita, usada como depósito de sal, quase transformada em museu, por fim reconsagrada ao culto bizantino. Fazia mais de sete séculos que tinha se erguido a construção atual, conforme li no folheto, mas a história da igreja recuava, se afastava na memória, desafiava os registros, até chegar numa capela da época do Império Romano e em sarcófagos para os mortos. Por ali tinha passado uma estrada que levava peregrinos — a igreja, pequena e sem esplendor, sequer fazia parte do guia medieval dos peregrinos, mas tinha o atrativo da hospitalidade e de um poço milagroso, também ele agora só um segredo. Ali dentro, não se ouvia a chuva, mas meus passos ecoavam. A cadeira que arrastei atraiu os olhares dos ícones. Sozinho, eu podia ouvir minha própria respiração e o murmúrio dos peregrinos dos séculos anteriores, e o estardalhaço que fizeram os alunos da universidade, depois de certa eleição para reitor, ocorrida ali — quando a igreja era usada como ponto de encontro, na Idade Média. Janelas, estátuas, móveis: quase tudo foi quebrado. A igreja tinha tantos episódios para me relatar que seria possível ficar ali durante dias seguidos, só escutando. O que seriam as rugas que eu supunha no homem que ia fotografar, suas prováveis manchas senis, se comparadas às rugas na pedra da igreja, às manchas que só um tempo supra-humano conferia às coisas criadas pelo homem?

Eternidade. O que buscavam os homens em suas igrejas e livros. Um instante e mais outro. Uma página, uma foto, uma pedra, e mais outra e mais outra. Abre as asas sobre nós, borboleta. Ensina o segredo da quietude, acácia bastarda. O desprendimento do amor.

A cidade já sem chuva tinha poças d'água nas calçadas, pedaços de céu azul raiando entre grumos de nuvens cinzentas. Acompanhei a direção que me apontava o rio. Parei para fotografar o rapaz com jeito de estrela do rock sendo fotografado na margem. Parei para fotografar os gatos. Parei para beber um copo d'água, descansar as pernas por dez minutos. O sol tinha saído com força e me puxava outra vez para a rua, faça-se a luz e a luz se fez.

Muita gente tinha decidido ir viver na cidade que eu agora fotografava. Por motivos distintos. Alguns fugindo: da pobreza, da prisão, da guerra, dos ditadores. Outros em busca: de um trabalho, do estudo, da cultura, do mundo desenvolvido, de um amor. Cruzei o rio e, aos poucos, com a ajuda do mapa, fui me encaminhando para o endereço que Baer tinha me passado por telefone. Dava para ver, mais adiante, duas ou três barracas de camping na margem do rio. Junto a uma delas, um homem acariciava um cachorro, sentado num banco de concreto, sob o rugido dos carros que passavam pela rua.

Na entrada do prédio de Baer, digitei os números do código eletrônico. A pesada porta se destrancou com um estalo. Ao fim do primeiro lance de escada, atrás da porta onde viviam o escritor e sua mulher Lucie, eu não sabia muito bem o que ia encontrar, além de palavras em português. Imaginei o óbvio: livros. O próprio Baer veio abrir. Magro, calvo, como nas fotografias que eu tinha visto dele. Alto, o que não poderia ver nas fotografias — nem mostrar nas minhas, a menos que ele posasse ao lado de Lucie, que se aproximou por trás, pelo menos vinte centímetros mais baixa. De óculos também ela. Cabelos curtos. As roupas de ambos eram comuns. Quando Gérard e Lucie saíam na rua, ninguém haveria de se dar ao trabalho de olhar para eles.

Na ampla sala em que me convidaram a entrar havia livros. Mas não havia ali um luxo condizente com o endereço. Os livros se desalinhavam, ora em pé, ora apoiados em diagonais deformadas, ora em pilhas horizontais. Pareciam respirar nas prateleiras, entre suas afinidades eletivas. Em meio aos livros, alguns objetos baratos, porta-retratos e uma ou outra fotografia solta, empenada. Vasos de plantas perto da janela, bebendo a luz do verão. Um gato vira-lata saltou do chão ao braço de uma poltrona e, de longe, ficou me avaliando. Um gato que Lucie tinha salvado da morte por atropelamento e levado para casa, anos antes, Baer me disse. Ao modo dos gatos, ele tinha escolhido a melhor poltrona da casa. Sentado, muito sério, desdenhava da visita e das regras de etiqueta humana. Se eu quisesse falar com ele, que fosse até lá.

Escolhemos outras poltronas. O gato não se moveu. Uma garrafa de vinho aberta na mesa de centro.

Seja bem-vindo, Lucie me disse, num português carregado. Nós gostamos muito do Brasil.

As duas mãos sobre o colo, dedos entrelaçados, como se fossem outro animal. As duas mãos pálidas e enrugadas, salpicadas de manchas senis. Muito rapidamente, nossos olhares se encontraram. A alegria se desequilibrou um pouco. Havia algo um tanto febril no olhar dela. Mas seguramos nossas taças e brindamos, os três, antes que Baer me deixasse oficialmente à vontade para fazer as fotografias — quando eu quisesse, do jeito que eu quisesse.

Eu não sou um bom modelo, sinto muito, ele disse. Tenho certeza de que você já fotografou gente mais bonita. E a culpa não é da idade, eu nunca fui bonito, nem sei como Lucie se interessou por mim.

Peguei a câmera e, ainda pouco à vontade, comecei a fotografar enquanto ele falava. Ele olhou para a janela, bebeu um gole de vinho. O gato se aproximou e subiu em seu colo com um pulo. Baer suspirou.

Lucie sim, sempre foi linda. Era ela que você devia fotografar, não eu. Quando nos conhecemos fomos viver juntos num quartinho minúsculo, de favor. Não tinha banheiro privativo. Tínhamos um colchão estendido no chão e uma mesa de trabalho.

Ele se virou novamente para mim e percebi, com a câmera, que a idade havia formado um halo leitoso nas íris de seus olhos.

E de onde veio o português?, perguntei.

Durante muitos anos nos encontrávamos sempre com um casal de amigos brasileiros. Gostávamos muito deles. Pegamos emprestado o português. Depois eles voltaram, com o fim da ditadura, como tantos outros. Morriam de saudades do Brasil. Diziam que aqui estavam ficando cinzentos. O que é uma injustiça, veja esse sol lá fora. A neta deles veio estudar aqui não faz muito tempo. Morou dois anos conosco.

Podemos ir fazer umas fotos na rua?

Claro. Mas termine seu vinho primeiro. Temos tempo. A luz ainda dura. O dia de hoje vai demorar a passar.

O gato desceu do colo dele e veio cheirar, de leve, com um focinho elegante, a barra da minha calça. Do chão, grudou em mim os olhos verdes, enquanto batia no ar com a ponta da cauda.

Você tem filhos?, Baer me perguntou, enquanto descíamos o único lance de escada.

Tenho um. Chama-se Antônio.

Quantos anos?

Dez. E vocês? Têm filhos?

Preferimos não ter.

Abri a porta que dava para a rua, segurei-a para que ele passasse. Baer tinha vestido um casaco leve.

Na verdade, eu preferi — ele me disse, na calçada, quando começamos a caminhar devagar. Eu preferi, e Lucie me acompanhou. Ela concordou. Ter filhos é para poucos.

Baer me disse que os dois nunca haviam se casado formalmente, e que Lucie usava seu nome de solteira.

Não sei se ela se arrepende, ele disse. De não ter tido filhos. Mas não se iluda com aquele jeitinho dela. Se ela quisesse filhos quando era mais jovem, se quisesse muito, teria tido. E se eu não estivesse de acordo, o pai seria outro.

O sol caía de viés sobre o rosto dele.

Em cinquenta e seis anos, nunca houve outra pessoa na minha vida, ele disse. Depois que conheci Lucie, nunca encontrei uma mulher mais atraente, mais interessante.

A voz dele era boa de ouvir.

Nós defendemos muitas coisas ao longo da vida, ele continuou. E tempos atrás várias pessoas pensavam como nós. Hoje tenho dificuldade em entender o que houve com o mundo. Achei que as coisas caminhavam numa determinada direção, e agora isto.

Baer era mais alto do que eu, e eu precisava levantar um pouco o pescoço e os olhos para olhar para o seu rosto.

No começo não tínhamos dinheiro para nada, e dependíamos da generosidade de muita gente, como daquela senhora que nos emprestava o quartinho onde morávamos. Mas mesmo depois, nos anos seguintes, quando a vida melhorou um pouco, mesmo então nós sempre nos recusamos a comprar objetos caros, roupas caras, frequentar lugares caros. Sempre usamos as coisas até elas quebrarem ou estragarem e ser preciso jogar fora. Porque isso sempre pareceu o correto. Muitas vezes penso que ter ficado neste apartamento foi uma incoerência. Ele era da avó de Lucie, que não tinha mais dinheiro nenhum, só o apartamento. Quando morreu, deixou para ela de herança. Mas podíamos ter vendido. É inacreditável o valor daquele teto, daquele chão e daquelas paredes.

Pedi que ele parasse no meio da ponte, a luz deixava tudo vibrante ao seu redor, o rio encrespado reluzia em mil centelhas de metal. Paramos num café. Fotografei Baer com o garçom. Fotografei os dois falando um com o outro e depois pedi que olhassem para mim. Nenhum dos dois sorriu.

Quer dizer então que você vai agora escrever uma história de amor?, perguntei.

Vou. Já está inteira aqui dentro (ele batucou na testa com o dedo indicador). A primeira história de amor a sair da minha cabeça difícil. Não é isso que dizem por aí? Que sou um autor difícil? Ou que diziam, pelo menos, quando ainda se lembravam que eu existia.

Dizem também que você é excêntrico.

O riso sacudiu seus ombros. A verdade, meu amigo, é que ninguém lê os meus livros. À exceção do primeiro. O que escrevi ao longo dos cinquenta anos seguintes, e que é a parte mais importante da minha obra, isso ninguém lê.

E como escrever, agora, uma história de amor?, perguntei.

Há muitos modos. Nenhuma história de amor se parece. Além disso, é preciso definir que amor é esse. Você sem dúvida vive uma história de amor com seu filho, por exemplo. Talvez você viva uma história de amor com a sua cidade. No meu caso, a história de amor que quero escrever é a única possível para mim, a história que vivo há cinquenta e seis anos, na única cidade possível para mim, a cidade onde moro há oitenta e cinco.

Ele suspirou. Fez uma pausa breve.

Nunca escrevi um livro para Lucie em quase seis décadas. Preciso que ela me perdoe por isso.

Em algum momento, tive a impressão de ver Carla passando, do outro lado do rio, enquanto estava atrás da minha lente. Tive a impressão, e foi só uma impressão. As pessoas se desencontram o tempo todo.

Voltamos ao apartamento de Baer. Lucie colocou a comida na mesa e tive que me controlar para não avançar. De repente me dei conta de que estava com muita fome, eram nove da noite e eu não comia nada fazia umas doze horas. Bebemos.

Conte mais de você, Lucie pediu. É tão bom escutar sua língua de novo.

Não tenho muita coisa para contar de mim, eu disse. Sou um cara completamente comum, vocês podem acreditar. Prefiro ouvir vocês.

Por cima da mesa, as mãos magras dos dois se encontraram. A mão direita dele sobre a mão esquerda dela, apertando-lhe de leve os dedos. O gato, com um salto, veio se sentar num canto da mesa.

Hoje penso, Baer disse, hoje que estou velho e que a vida vai acabar, que devia ter passado menos tempo metido nos estudos e mais tempo com Lucie. Certos jovens querem tudo. Precisam de tudo e acham que têm todas as possibilidades do mundo. Inclusive a de transformá-lo. Vou levar para o túmulo meu conhecimento de um punhado de idiomas. Nem mesmo consegui comunicar ao mundo o que penso. Não fiz a mínima diferença. Virei um escritor difícil e meus livros vão ficar juntando poeira em meia dúzia de bibliotecas públicas.

Isso não é verdade, você sabe, Lucie disse.

Havia em seus olhos uma dor funda. Uma dor que me pareceu estar escondida por baixo de camadas de sorrisos, de leveza, de descontração, de solicitude ao preparar e servir a comida. Uma dor só dela, só de Lucie, que nenhum fotógrafo ou escritor do mundo teria competência para reproduzir.

Baer encolheu os ombros e abriu um sorriso.

Mas não importa. De verdade. O que importa mesmo é a alegria de estar aqui em companhia deste gato, desta bela jovem e deste fotógrafo.

Ele ergueu a taça num brinde.

Você disse que seu filho tem nove anos?, Baer perguntou, quando eu guardava meu equipamento, pegava o casaco e me preparava para ir embora. Já era quase meia-noite e eu não sabia quanto tínhamos bebido durante o jantar. No fim Lucie preparou café.

Dez, eu corrigi.

Estava pensando em mandar para ele alguns livros que tenho aqui. Não vou mais precisar deles. Você se importa em levar?

De jeito nenhum, eu disse.

Baer pediu a Lucie uma sacola. Eu não sabia muito bem o que ele pretendia mandar, mas não ia discutir. Ele encheu a sacola com livros de arte. Fiquei observando enquanto ele percorria lombadas agilmente com os olhos, dizia qualquer coisa para si mesmo, puxava um ou outro livro de capa dura e colocava dentro da sacola.

Espero que não seja muito peso. Talvez seu filho não aproveite muito estes livros agora, mas quem sabe no futuro. Diga a ele que Lucie e Gérard desejam que seja muito feliz.

Não sei se você se incomodaria, comecei a dizer, mas deixei a frase pela metade, e tirei da mochila o meu exemplar de *Terra e argila*.

Ele tateou os bolsos em busca de uma caneta. Olhou ao redor. Descobriu uma ao lado do telefone. Assinou o livro para mim, arrematando a dedicatória com a palavra amizade.

Ele e Lucie me levaram à porta. Me abraçaram, me beijaram no rosto. Depois Baer passou o braço em torno dela e puxou-a mais para junto de si. As rugas em seus rostos por trás dos óculos, enquanto eles sorriam.

Por fim, noite escura. Eu estava meio alto, cansado depois do dia longo, as pernas se moviam automaticamente do metrô até o meu apartamento. Precisava dormir.

Meu trabalho ali havia terminado, e agora eu tinha quatro dias para perseguir a ilusão de conhecer a cidade. Quatro dias antes de rever a moça efêmera que viria buscar as chaves. Acordei com uma correria no andar de cima. Provavelmente crianças. Procurei o relógio sobre a mesa de cabeceira. Vinte minutos para as dez.

Talvez eu devesse telefonar. Telefonei, antes que tivesse tempo de pensar muito no assunto. Carla atendeu depois do segundo toque.

Não estou me entendendo com o fogão, eu disse (e era verdade).

Você precisa primeiro colocar a panela na placa do fogão, só depois é que liga, ela explicou.

Agradeci, comentei que estava com vontade de fazer uma visita ao cemitério famoso — ela viria também? Surpresa: ela disse por que náo?, tudo bem, ela gostaria de ir, fazia tanto tempo desde a última vez.

Nos encontramos um pouco mais tarde. Seguimos a pé pela rua onde o comércio vendia flores para os mortos. Carla náo falava muito de sua vida. Soltava uma informação ou outra, dados esparsos, nem pistas chegavam a ser. Embora eu não quisesse ficar fazendo perguntas, em algum momento arrisquei: você veio para cá fazer o quê?

Meu pai é daqui. Vim porque queria ser atriz, ela disse. Mas as coisas eram difíceis para uma aspirante a atriz. São difíceis. Para uma aspirante a atriz, para uma atriz que já passou dessa fase ou que já desistiu dela.

Você ainda se apresenta?, perguntei, sem saber se aquele era o verbo certo.

Como atriz? Não.

E mais ela não disse. Andamos entre os túmulos, às vezes procurando algum morto célebre, às vezes simplesmente virando a esmo à direita, à esquerda, à direita novamente, pelas aleias.

Você podia me mostrar, falei.

Mostrar o quê.

Alguma coisa. Do que você estudou quando queria ser atriz.

Ela me espiou com o canto do olho.

Começava a chuviscar. Ela abriu o guarda-
-chuva. Era um guarda-chuva pequeno, vermelho.
Outro dia, ela disse.

Outro dia: era uma promessa, não era? A
chuva apertou. Deixamos o cemitério. Dobramos
à esquerda numa rua que ela indicou e paramos
para tomar um café em pé no balcão. Tomamos
dois. Quando saímos, já tinha parado de chover.
Brechas de azul no céu.

Será que era para eu deixar Carla ir embora,
conforme ela agora ameaçava fazer, dizendo que ia
jantar com o pai? Mas e aquela promessa, aquele
outro dia da sua promessa? Será que era mentira?
E ela sumiria da minha visão e da minha vida pelo
túnel do metrô, na quarta-feira passaria para pegar as chaves do apartamento, e dali a dez anos eu
contaria a alguém que certa vez tinha conhecido
uma moça, naquela viagem que havia feito para
fotografar o escritor Gérard Baer, como era mesmo
o nome dela?

Mais tarde fui jantar sozinho. Consegui uma mesa
junto à janela, no pequeno restaurante que Carla havia recomendado. Fotografei o garçom e depois fui lá dentro fotografar o pessoal na cozinha.
Quando saí do restaurante, ainda havia luz. Quando cheguei no meu prédio, ainda havia luz. Quando saí do banho e arriei no sofá da sala, o laptop
no colo, para subir as fotografias, ainda havia luz.

O fotógrafo entomólogo contemplou, na tela, os espécimes capturados. Centenas de exemplares. Rostos tão diversos, ruas, reflexos. Arcos, árvores, muros. O escritor, sua mulher, seu gato. Carla de costas, de lado, de frente, o rosto, as mãos, o corpo inteiro. Placas, túmulos, palavras. O grafite na rua. As crianças brincando na praça e a menina emburrada a um canto. Havia um mundo na memória da minha câmera fotográfica. Havia um pacto informal entre mim e esse mundo. Ele se deixava capturar pela lente. Eu devia me contentar com isso. Não era para interpretar esse mundo: era só para contemplá-lo. Só isso.

No dia seguinte acordei cedo. Estava preparando o café quando o telefone tocou. Era do Brasil. O editor que tinha me contratado para fotografar o escritor.

Você já soube?, ele me perguntou.

Soube de quê, perguntei.

Gérard Baer.

Já fiz as fotografias. Jantei na casa dele anteontem. O que houve com ele?

Morreu. Ele e a mulher se suicidaram.

Puxei a cadeira e me sentei. Na caneca marrom, cobrinhas de vapor subiam do café.

Como assim. Eu estive com eles anteontem à noite. Jantei na casa deles.

Então você deve ter sido a última pessoa a ver os dois com vida. Eles morreram ontem de madrugada, antes de amanhecer, ao que parece. Em casa.

Olhei lá para fora, caía uma chuva fina.

E o gato?, perguntei, e por um lado me pareceu a pergunta mais idiota do mundo, por outro lado a mais urgente. O que foi que fizeram com o gato?

Corri ao noticiário pela internet. Em meio à minha incompetência em vários idiomas, fui costurando os retalhos do sentido. Baer não me disse nada sobre a doença de Lucie, não me contou que ela lutava com bravura havia alguns anos já. Mas que, afinal, a luta estava perdida. Que as dores eram intensas. Que os remédios para lutar contra a dor intensa eram cada vez mais fortes e menos eficazes. E que sua história de amor terminava com aquele acorde em suspenso, aquela seta apontando para o mistério. Ele não me contou, por que haveria de contar? Ele e Lucie resolveram morrer juntos, antes que a morte decidisse as coisas por conta própria e sem metáforas, a morte não usa metáforas nem adjetivos nem nada, desconfio que a morte despreze o sentido com que a disfarçamos, sempre. Os rituais, as lágrimas, a especulação metafísica, todos os reinos que reservamos para os mortos. Onde é que eles estão, afinal? Quando Baer e Lucie se deram as mãos e fecharam os olhos e morreram, para onde foram?

Não registrei o nome da doença, não me interessava. Eu não queria detalhes técnicos da história de amor narrada por Baer. E por Lucie: estava clara sua coautoria em tudo o que ele tinha feito. Nas capas dos livros era o nome dele, o escritor difícil, o autor francês de origem judaica e antepassados alemães — que não escrevia, como seu amigo Paul Celan, na língua do inimigo, embora fosse fluente nela, como era fluente também no meu improvável português e em mais um punhado de idiomas que escolhia pelo interesse num determinado poeta, numa determinada obra. Sânscrito para os Vedas. Grego para Homero. Gestos que eram parte de outro mundo. Nas capas dos livros era o nome dele, as entrevistas, os encontros, os prêmios, o passado de glória distante. Mas Lucie estava presente em tudo aquilo.

Eu, a última pessoa a vê-los com vida? A última pessoa a falar com eles? A se sentar na mesa com eles para uma refeição? A fotografá-los? O mundo não costuma gostar dos suicidas.

Meia hora mais tarde, o telefone tocou de novo. Era Carla.

Você leu sobre Gérard Baer, ela perguntou.

Me ligaram do Brasil, eu disse. Não faz muito tempo.

Carla não demorou no telefone. Tinha que resolver um problema de vazamento. Suicídios aconteciam no mundo e ainda assim os vazamentos continuavam acontecendo nos apartamentos. Falamos mais tarde, ela disse.

Sobre o sofá estava a sacola com os livros que Baer havia separado e mandado para Antônio. Peguei o casaco, a mochila com a câmera e saí de casa. A chuva era tão fina que mal chegava a molhar. Eu tinha que pensar, pensar com os pés e com os olhos.

Tracei caminhos costurando aleatoriamente as ruas ao redor da minha rua. Entrei no sebo onde uma melodia flutuava, em volume alto. Olhei para as lombadas dos livros usados sem registrar nada. Olhei para o homem atrás do balcão, que lia e bebia alguma coisa num copo gordo, um conhaque? Para espantar aquele friozinho úmido da manhã? O homem levantou os olhos, sorriu as boas-vindas e abaixou os olhos de novo para o seu livro. Saí do sebo instantes depois e entrei na lojinha de brinquedos. A profusão de cores me acolhia. Uma mulher jovem e duas crianças pequenas remexiam em bonecos de pano dentro de uma caixa. Olhei para a vendedora que fazia anotações num bloco atrás do balcão. Tirei minha câmera da mochila e disse à vendedora que era fotógrafo, peguei um cartão e estendi a ela. Posso —?, perguntei, fazendo um gesto ao redor e indicando a câmera. Ela disse que sim. Passei talvez meia hora dentro da loja. Estava a salvo fotografando bonecos, livros coloridos, crianças que entravam, gente que parava na rua para olhar a vitrine. A vendedora agachada mostrando os fantoches a uma menininha. Ali dentro eu estava ao abrigo da chuva fina e do frio discreto e da vida inteira, quem me dera poder não ir mais embora, quem me dera tornar-me uma espécie de câmera contínua da loja de brinquedos. Fotografando o pequeno mundo que transitava por ali durante o dia, acompanhando o silêncio durante a noite.

Quando fui embora, a vendedora me agradeceu. Eu a cumprimentei com a cabeça. A chuva passou. Deixei que as pernas me dissessem aonde iria em seguida, e elas me levaram a mais uma livraria, onde deixei que seguissem até a estante de fotografia. Ali encontrei um livro de um fotógrafo argentino que vinha se especializando, ao longo das décadas, em fotografar escritores, pelo que depreendi do texto na contracapa.

Abri o livro. Fui ao índice. Gérard Baer estava ali. Junto à foto dele, um poema em francês que eu não conseguia entender, mas que era assinado por Lucie Laval. Separei o livro. Fui à estante de poesia e procurei por Lucie Laval. Encontrei um livro fino, não mais do que cem páginas. Mais tarde eu descobriria que era o único livro publicado por Lucie Laval, a companheira, secretária, assistente e amante de Gérard Baer. Laval, nome que remete a vale. Onde os rios correm. De onde se projetam as montanhas. Comprei os dois livros e coloquei dentro da mochila. Claro que só havia, em seguida, um lugar aonde fazia sentido ir.

Não havia ninguém diante do prédio de Baer e Lucie. Era como se o movimento tivesse sido arrancado dali. Um silêncio e uma imobilidade artificiais. Entrar no prédio não foi um problema, já que eu tinha o código da porta. Perambulei pela pequena área interna, florida e bem cuidada. Subi a escada para o segundo andar.

A porta de Baer e Lucie estava fechada, discreta e anônima, apenas uma porta. Não sei se eu esperava encontrar ali a faixa amarela da polícia, como nos filmes. O velho capacho estava no mesmo lugar. Não sei quantos anos fazia que aquela porta girava sobre aquelas dobradiças, não sei o que ela já tinha presenciado ou deixado de presenciar com sua existência de madeira pintada. Quantos amores, quantas crianças se tornando adultos, quantos adultos se tornando velhos. Mas imaginava que devia ser a primeira vez que se encenava, atrás dela, um duplo suicídio.

Bati na porta vizinha, pois era o que tinha ido fazer ali.

Atendeu uma menina. Da idade de Antônio, talvez. Abriu uma pequena fresta na porta, por onde meteu a cabeça. Cumprimentei-a.

Ela me olhou desconfiada. *Maman!*, gritou lá para dentro, acrescentando qualquer coisa que entendi perfeitamente: eu era um *monsieur* que ela não conhecia. Mas esperei a mãe aparecer antes de me apresentar. Entreguei meu cartão, não significaria nada, mas um cartão sempre te dá certa credibilidade diante do mundo. Cumprimentei-a e fui escolhendo as palavras uma por uma, esperando que a série resultante fizesse sentido. A moça olhou para o cartão e olhou para mim, como se quisesse ver se o nome combinava com o homem diante dela. Abriu a porta e me convidou a entrar. Não devia ser uma atitude comum, mas não era o momento de atitudes comuns. Ela estava de roupão e com olhos muito vermelhos. A menina se sentou ao seu lado, corpo grudado no corpo. A mãe fez um gesto para que eu me sentasse na poltrona da frente.

Expliquei, com esforço, que não falava francês. Mas que gostaria de saber o que tinha acontecido com o gato. *Le chat.*

A menina foi abrir uma porta.

De lá saiu o gato, e como eu pouco entendia do universo felino senti-me à vontade para atribuir ao seu olhar os sentimentos da dor e da confusão. Com esforço de parte a parte, e com um pouco de espanhol, a mãe conseguiu que eu entendesse a informação simples: tinham encontrado Baer e Lucie no quarto. A porta estava fechada e o gato, na sala. Os dois haviam deixado sob a porta do apartamento vizinho (o dela) um envelope com sua chave e um breve bilhete, que ela me mostrou, e do qual tirei a compreensão que bastava: pediam que a vizinha por favor ficasse com o gato e fosse gentil com ele. Algo sobre ele ter tido uma vida difícil. Deixavam uma quantia que esperavam cobrir as despesas com ele, alimentação, veterinário, pelas vidas que ainda lhe sobravam das sete iniciais. Não deviam ser muitas mais. E depois acrescentavam algo sobre o prazer de terem sido vizinhos e amigos dela ao longo dos anos.

Ela passou os dedos com força sobre os olhos e se levantou. Ofereceu um chá. Agradeci e recusei, levantando-me também. Indiquei a porta, dando a entender que já ia embora.

Olhamos uns para os outros durante um momento. A mulher de pé, envolvendo o corpo com os braços. A menina no sofá. O gato no chão, agora sentado, esfíngico. Não nos esforçamos para dizer mais nada. Havia um certo alívio naquela impossibilidade. A mulher me levou até a porta. Agradeci. O gato virou o rosto e colocou pela última vez os olhos no fotógrafo brasileiro que existiu em sua vida durante umas poucas horas. No Brasil, os jornais publicariam uma foto dos três, feita por mim: o escritor, sua mulher e o gato.

Atravessei a ponte e fui me embrenhando pelas ruas sem saber para onde ia. Topei com muitos casais, homens com mulheres, homens com homens, mulheres com mulheres. Roupas de látex numa vitrine. Doces, bares, butiques onde não havia nada para o meu bolso.

Em algum ponto, parei e telefonei para Carla, e quando ela atendeu eu disse estou ligando para saber se você precisa de ajuda com a história do vazamento. Devia ter perguntado isso de manhã. Me desculpa.

Não tem do que se desculpar. Você acabou de perder um amigo.

Aquelas palavras dela. Você acabou de perder um amigo. Quanto tempo leva para a pessoa considerar a outra um amigo?

Onde você está?, ela perguntou.

Não sei. Vim até o apartamento de Baer. Bati na porta da vizinha.

Uma moto passou, estardalhaço.

Você não quer vir tomar uma cerveja comigo?, ela disse.

Peguei o bloquinho curinga na mochila, anotei as coordenadas que ela me passou. Pela primeira vez desde que eu tinha chegado na cidade o céu se abria para valer e o sol afirmava que era, de fato, verão. Um domingo de verão. Aos poucos, as pessoas começavam a tirar cachecóis e casacos. Embrenhei-me no metrô.

Diante de mim, no vagão do metrô, um casal conversava. Ele tinha cabelos muito curtos e um alargador de lóbulo na orelha. Ela, *dreadlocks* e olhos azuis. Eles conversavam em voz baixa e os gestos de suas mãos eram elegantes e delicados. Algo aquáticos. Eu me perguntei se um dia tudo aquilo estaria debaixo d'água, ou debaixo de um deserto, muito tempo depois da passagem de Baer e Lucie e seu gato, dos casais pelas ruas, de Antônio e da mãe de Antônio e de mim e de Carla, que agora eu via sentada na escadaria da biblioteca, me esperando.

Ela levou a mão à testa, para fazer sombra nos olhos. Ao ter certeza de que era eu, se levantou e acenou. Olhei para a ex-futura atriz da qual eu não sabia quase nada. Não sabia se éramos animais de espécies diferentes, eu e ela. Nem sabia onde exatamente essas coisas começavam, as amizades, tudo mais. Mas fosse como fosse eu a abracei com força e apertei os olhos com força, como se tudo pudesse ser só isso, só o abandono de um abraço, como se toda a arquitetura e a arte e a beleza que o homem erguia e destruía, todas as relações familiares e profissionais e a ascensão na carreira e a ascensão salarial e o custo de vida e a crise financeira, como se tudo junto não valesse um segundo daquele abraço.

Eu a abracei com força e larguei um pedaço da vida ali, justamente o pedaço que determinava seguir em frente a qualquer custo e que, de tão assustador, tantas vezes paralisava. Aquele pedaço de vida caiu de mim como uma moeda que cai do bolso, e foi rolando escadaria abaixo, até algum bueiro. Talvez não fosse preciso, no fim das contas, seguir em frente. Talvez fosse possível apenas ficar ali, parado, naquele abraço.

Glória

para Claudia Lage

Quando trabalhava na casa na Glória, adolescente ainda, eu fazia uma flor com a ponta do rolo de papel higiênico todas as vezes que terminava de lavar um banheiro. Ter me mudado para o Rio de Janeiro merecia rosas de papel higiênico. De onde eu vinha, era onde todos queriam morar.

Ou talvez não fosse bem por causa disso. Minha prima tinha ensinado: você quando terminar a faxina do banheiro faz assim com a ponta do papel, eles sempre gostam.

Então eu fazia, mesmo eles nunca tendo dito se gostavam ou não.

Isso já tem, meu Deus, quanto tempo? Lembrei as flores de papel higiênico porque chegaram rosas anteontem, no meu aniversário. Rosas com um cartão. Cartão com um nome. Nome com um passado. Passado com a garota que eu era, e que arrematava a limpeza dos banheiros com aquele toque besta e inútil.

Setenta e dois anos, e ele resolve me mandar rosas.

Ele quem?, perguntou Suélen.

Nem reparei que tinha dito aquilo em voz alta. Suélen é a mocinha que vem fazer faxina semanalmente, e que nunca teve a ideia de promover o papel higiênico a flor.

Suspirei e não respondi. Não queria falar daquele assunto.

Balbuciei qualquer coisa que não chegava a fazer sentido e que fui rebocando comigo para a cozinha. É trapaça, eu sei, mas às vezes me uso dos meus setenta e dois anos para fingir uns momentos meio aéreos — essas coisas supostamente de gente velha. Neste mundo de salve-se quem puder, cada um usa as armas de que dispõe. Se tem algo que não sou é distraída. Parece que o tempo foi, ao contrário, afiando o meu cérebro, varrendo o inútil para o lado. Mas existe um grau de tolerância ao meu redor, só por causa do chumaço de cabelos brancos que parei de pintar há alguns anos. E por causa das rugas que já amarrotaram um pouco o meu rosto, do meu porte pequenino e desse diacho de problema na coluna que me deixou meio tortinha.

Mas as rosas. Anteontem.

Quer que eu ponha no vaso?, Suélen perguntou.

Agradeci e disse que cuidava daquilo eu mesma. Coloquei o cartão no bolso da blusa, jun-

to ao peito, aquele cartão que vinha com décadas
de atraso e era, de todo modo, o cartão errado,
com as palavras erradas, pelo motivo errado.

Nunca quis que ele me mandasse flores no
meu aniversário. E, pelo que depreendia daquela garranchada que eram as palavras no cartão, o
motivo da iniciativa floral nem era eu, a bem da
verdade: era ele mesmo.

Muito doente, dizia ali.

E daí que estava muito doente? O que é
que eu tinha a ver com isso? Rosas no meu aniversário porque ele estava muito doente e tinha resolvido fazer as pazes com o mundo?

Rosas têm espinhos para se proteger dos bi-
chos, pelo que sei. Tomei cuidado para não espetar
os dedos. Ajeitei no vaso que Orlando me deu de
bodas de prata. Coloquei na mesa da sala e fiquei
esperando Suélen ir embora para começar a pensar
no assunto.

Rubem. O assunto se chama Rubem, e faz muito tempo que eu o arranquei com raiz e tudo da
minha vida. Nem desconfiava que ele ainda teria
condições de se materializar em flores com cartão. Como não foi por capricho nem por desforra
aquela erradicação de Rubem, mas sim por neces-
sidade, fiz a coisa bem-feita. Pá de cal etc.

Eu tinha dezesseis anos quando fui traba-
lhar na casa na Glória. Vim da roça, cheguei meio

atarantada, nunca tinha visto o mar. As minhas coisas, minha mãe botou na sacola junto com uma imagem de Santo Expedito. Nas primeiras semanas, senti muita saudade da minha mãe. Queria voltar para casa, mas tinha vergonha de pedir.

Colei com fita adesiva a imagem de Santo Expedito na parede do meu novo quarto, junto à cabeceira da cama. De noite, eu rezava meu Santo Expedito, vós que sois um santo guerreiro, vós que sois o santo dos aflitos, vós que sois o santo das causas urgentes, protegei-me.

Santo Expedito devia estar se perguntando essa menina boba está aflita por quê? Arranjou trabalho em casa de família, levaram ela para o Rio de Janeiro, tem um quartinho só seu, comida no prato, salário no final do mês, o que mais ela quer?

Um pai-nosso, uma ave-maria, o sinal da cruz. Depois me metia debaixo do lençol e do cobertor e logo chutava o cobertor para o pé da cama. Diabo de cidade quente. Mas quando tinha folga, eu descia a ladeira até a Praia do Flamengo, no fim da tarde, junto com a Carmela e o Sôca. Carmela era a cozinheira. Sôca, seu Caetano, era o motorista. Ainda não tinham começado as obras do aterro, a praia ficava quase sempre lotada. A gente ia até a areia, no começo eu não entrava na água mas depois comprei um maiô e comecei a entrar — um pouco. Água demais, aquilo me dava medo. Mas era bonito.

E a escola?, Carmela perguntou, quando cheguei. Garota da sua idade tem que ir para a escola.

Eu disse que não queria. Expliquei a ela que antes eu ia, quando era mais nova. Depois a escola pegou fogo e a gente tinha que andar muito até a outra escola e estavam precisando de alguém para babá do menininho na Fazenda da Olaria, então fui. Tinha doze anos, mais estudo do que os meus irmãos e muito mais do que os meus pais — esses só sabiam assinar o nome. Ninguém precisava do alfabeto nem de tabuada para lavar roupa, semear feijão ou amansar cavalo. Todo mundo em casa trabalhava e estava na hora de eu começar também.

A sorte grande, para as moças, era arranjar emprego em casa de família no Rio de Janeiro. Pagavam bem, e você ia morar na cidade, quem é que não queria? A saudade apertava demais, no início, como se no seu peito houvesse um músculo de chumbo. Mas depois passava. As coisas passam, não passam? Aquela também passava. E quando você voltava para visitar a família na roça, a cada punhado de meses, notava que estava se tornando uma pessoa diferente. Agora você fazia parte de um mundo que andava, enquanto aquele mundo ali, da lama e dos mosquitos em fevereiro, da poeira vermelha e dos carrapatos em agosto, era um mundo estacionado. O gavião-carijó vigiando a presa lá de cima. O anu-branco na várzea, em bando. O rio barrento. Tudo sempre igual.

Nunca falei do Rubem ao Orlando. Quando nos conhecemos, eu e Orlando, eu estava pesando quarenta e sete quilos. Não havia morrido por pura teimosia. Tudo tinha dado tão errado quanto possível, mas às vezes sobra um pulmão que respira e que não pretende parar, e ele reergue o corpo, reergue mesmo a alma, puxando-a por qualquer beirada de empenho ou teimosia que ainda a autorize ao mundo. Quando me dei conta estava de pé de novo, e mastigando comida.

Orlando era o enfermeiro que mais conversava comigo. Ele não tinha tempo para isso, todos eram tão ocupados, mas dava um jeito. Depois que nos casamos, ele disse quero que você volte para a escola e termine os estudos.

Não, Orlando, bobagem. Para quê?

Morávamos num bom apartamento de quarto e sala no Andaraí, que Orlando tinha herdado da avó dele. Orlando tinha livros na estante. Era um homem inteligente. Vinte anos mais velho do que eu. Achei que aquela história de eu terminar os estudos era porque ele talvez não quisesse um desnível de instrução entre nós, ele enfermeiro profissional, até inglês falava. Mas não era isso. Depois entendi que não era. Discutimos um pouco, durante alguns meses. Ele acabou vitorioso. Fiz o supletivo, tirei o diploma. Em paralelo, fiz curso de datilografia e me empreguei como secretária de um dentista na Tijuca.

A vida foi seguindo numa normalidade que me fazia bem. Eu queria que as coisas fossem fiáveis, e com Orlando elas sempre eram. Nunca falei a ele do Rubem.

Era o rapazinho bonito filho dos meus novos patrões, na Glória. Eu olhava para ele como quem olha para artista de cinema. Rubem nadava diariamente no clube e tinha uns braços fortes com uns músculos ondulados onde eu tinha vontade de passar as mãos. Chegava do clube no fim do dia e ia para a cozinha tomar água gelada ou suco, às vezes eu estava lá e se não estava arranjava alguma coisa para me levar para lá, um copo por lavar, uma água para ferver. Carmela tinha me explicado que ele estudava para engenheiro civil, listou o que faziam os engenheiros civis, e era uma coisa verdadeiramente assombrosa imaginá-lo construindo prédios e pontes. Tanta responsabilidade.

Carmela tinha me surpreendido na primeira semana quando eu arrancava uma folhinha de samambaia para mastigar. Larga de ser matuta, menina! Eu me dei conta de que o meu normal não era mais normal, e precisava praticamente recomeçar do início. Reaprender a falar, ajeitar o cabelo — você é tão bonita, disse Carmela, e me

levou ao salão para darem um jeito na gaforinha.
Foi o que ela disse à mulher que me botou diante de um espelho e amarrou um blusão em torno
do meu pescoço de modo a me tapar dos ombros
até quase os joelhos. Dá um jeito nessa gaforinha
dela, Sonia! Menina bonita, desse jeito parece uma
velha, com esse coque malfeito e esses fiapos espetados escapando. Saí de lá com o cabelo arrumado
numas ondinhas acima das minhas orelhas, igual
ao da mulher que a tal Sonia me mostrou na revista. Precisava tocar de tempos em tempos para
acreditar que aquele cabelo era meu de verdade.

Eu achava que o Rubem às vezes me olhava. E ninguém venha me dizer que sonhar não
custa nada: custa sim, mas infelizmente a gente
só descobre depois de receber a conta. Santo Expedito, valente defensor da Igreja de Cristo, rogai
por nós.

Expedito foi o Rubem. Começou a puxar conversa, e quanto mais ele puxava mais eu
ia soltando a corda, era bom estar ali com ele, ele
prestando atenção em mim. O rapaz de camiseta e
músculos, short, eu sentia uma comichão na barriga quando botava aquelas roupas para lavar, e a
cueca que vinha junto despertava uma mistura de
constrangimento e curiosidade — as cuecas do pai
dele, por outro lado, eram só pedaços assexuados
de pano. Rubem encostava na bancada da cozinha,
ia bebendo devagar o suco ou a água gelada e me
perguntava coisas. Várias coisas.

* * *

Foram se passando os meses. Completei dezessete anos. A patroa me deu de presente um vestido num tom clarinho de rosa e me disse pronto, agora você já tem uma roupa elegante, este vestido vai ficar lindo em você, com o tom da sua pele.

Guardei o presente dentro da caixa, envolto em papel de seda, no fundo do meu armário (nunca tinha visto nada tão bonito), e fui terminar a faxina. A casa era grande. Flores na ponta dos rolos de papel higiênico em todos os banheiros.

Mais tarde Rubem e eu nos esbarramos na cozinha. Ele voltando da piscina. Eu preparando um pudim. Rubem se chegou, pegou a lata de leite condensado, enfiou o dedo e lambeu. Eu fingi zanga.

Vou dar uma festa, ele comentou, assim como quem não quer nada — como se nem estivesse falando comigo. Aniversário de vinte e um anos do meu melhor amigo, disse. Ele quer convidar muita gente e aqui em casa, você sabe — e o Rubem fez um gesto com os braços abarcando o espaço, que até na cozinha havia de sobra.

Ele piscou o olho.

Todas as festas na casa na Glória eu tinha acompanhado da cozinha, arrumando salgadinhos na bandeja, tirando bebida da geladeira. Às vezes eles contratavam garçom para servir. Se fosse coisa mais simples, servia a Carmela, que já estava habi-

tuada. Ela estava me ensinando a preparar salgadinhos, eu até tinha algum talento embora fosse
melhor na faxina e no cuidado com as roupas —
ninguém tirava uma mancha como eu.

As festas do Rubem eu já tinha visto, sabia
como eram. Coisa de revista. Os amigos dele, todos ricos, brancos, inteligentes, todos na faculdade
estudando para construir prédio, curar doença ou
botar bandido na cadeia. As moças com aqueles
cabelos sedosos, os brincos, os saltos altos. Perfu-
madas, suaves como princesas.

Carmela comentou comigo, certa vez, que
aquelas moças das festas o Rubem podia escolher.
Qual seria a sua noiva, e depois esposa. Todas se
derretiam por ele.

Rosas no meu aniversário de setenta e dois anos.
Como é que eu teria imaginado? Mas a gente não
imagina a vida tal como ela vai ser, sei disso. Ela se
imagina por conta própria e na melhor das hipóte-
ses haverá uma parede para a gente se apoiar quando ficar tonto. Por que é que a sabedoria vem com
a idade, quando não é mais necessária? O que eu
sei da vida aos setenta e dois anos teria sido muito
mais útil aos dezessete. A pessoa devia nascer sábia
e ir ficando mais estúpida com o passar dos anos.

"Estúpido cupido" era, a propósito, o que
estava tocando na festa quando o Rubem veio até
a cozinha. Fazia calor, mas minhas mãos estavam

geladas. Ele estava um tipão, como se dizia naquela época.

Os pais na casa de Petrópolis, para que o filho e os amigos tivessem mais liberdade e eles, pais, menos aborrecimento. Levaram a Carmela, me deixaram na Glória para que eu ajeitasse a casa antes e depois da festa: obviamente havia sugestão do Rubem por trás disso, foi o que deduzi, sem muito esforço, depois. Os jovens também dispensaram os garçons.

Rubem entrou na cozinha ao som de "Estúpido cupido" e me entregou um copo de ponche. Fechou a porta, abafando um pouco a música alta.

A festa já ia no fim. Peguei o copo, agradeci, mas fiquei sem saber o que fazer — lá em casa, tinha crescido ouvindo que bebida era coisa do diabo.

Bebe, menina! Isso leva pouco álcool, não vai te fazer mal nenhum.

Eu ainda olhava fixamente para aquele extraterrestre que era o copo de ponche na minha mão.

Experimentou o vestido novo que minha mãe deu?, ele perguntou.

Eu fiz que não com a cabeça. Provei o ponche. Era doce, frutado. Dei mais dois ou três goles.

Vai lá botar o vestido, ele disse. Você sempre de uniforme, de vez em quando merece variar, não?

Achei graça do pedido, mas meu coração ensaiou um galope. Obedeci — quando é que eu não obedecia ao Rubem? Fui para o meu quarto botar o vestido, e como era bom sentir aquele pano grá-fino por cima do meu corpo, a cintura bem estreita e depois a saia cheia, se abrindo como uma flor. Dava vontade de dançar, embora eu não soubesse dançar, somente para ver aquele pano em movimento. E as minhas pernas estavam um tanto frouxas — seria por causa do ponche?

Rubem tinha outro copo cheio na mão quando voltei à cozinha. Me entregou, e eu perdi o bom senso quando ele me disse que eu estava bonita no vestido. Disse que gostaria de dançar comigo um pouco. Eu não esperava que ele me levasse para a sala, para o meio dos seus amigos, é claro. Fiquei, de todo modo, nas nuvens. Nada explicava o calibre da minha ingenuidade. Ele me pegou pela mão e me levou para a área de serviço.

É assim que faz, ele disse, e eu ri, desajeitada e tola. Demos alguns passos. E de repente o Rubem me enlaçou e me deu um beijo na boca.

O chão, que já estava mole por baixo dos meus pés, cedeu por completo. A língua dele roçava com força na minha língua, a ideia era repugnante mas não o gesto em si, que fez descer uma onda de calor até a minha barriga e as minhas coxas. Quando dei por mim, estávamos no meu quarto. Rubem fechou a porta.

Um pouco de privacidade, ele disse, e segurou o meu rosto com as duas mãos, que em seguida escorregou pelos meus ombros.

Eu não sabia que o meu corpo tinha aquelas sensações em estoque. Rubem deslizou para o lado as alças do meu vestido e beijou os meus ombros e o meu pescoço, e eu sabia que precisávamos parar por ali, mas havia algo muito mais irracional e primitivo no leme da minha vontade. Seria o demônio? Meu Santo Expedito, meu Santo Expedito! Rubem puxou um seio de dentro do vestido e massageou e depois colou a boca ali, enquanto pegava minha mão com a sua mão livre e colocava sobre a calça, onde uma protuberância me fez pensar nas cuecas que eu lavava. Puxei a mão de volta, num susto, e puxei o corpo para trás. Na sala, os últimos convidados dançavam ao som de uma canção de Neil Sedaka que nunca mais esqueci. Levei uns vinte anos para entender o que dizia a letra, na ocasião incompreensível, *Oh!, Carol, I am but a fool, darling, I love you though you treat me cruel.* Amo você, ainda que me trate com crueldade. Pois sim! Todos cantavam junto, enquanto por trás da porta fechada do meu quarto os braços de nadador do Rubem me seguraram com força e me empurraram na direção da cama.

Não, Rubem, eu acho melhor...

Psss, quietinha. Você vai gostar.

Ele levantou minha saia, eu segurei o pano grã-fino com força e puxei para baixo, ele levantou minha saia de novo e segurou meus braços. Com aquelas mãos lindas, quadradas, que estavam aprendendo a projetar prédios e pontes.

As lágrimas ferveram nos meus olhos e tentei me soltar. Evidentemente, ele era muito mais forte. Eu gritei, mas de que adiantava, a porta fechada do quarto nos fundos da casa, a porta da cozinha fechada também, e aquela música lá fora, os últimos convidados tão alegres cantando e dançando e bebendo e celebrando o final de mais uma das muitas festas que já tinham dado, pequena fração das que ainda iam dar. As mulheres lindas de batom vermelho.

Seja boazinha e pare de gritar.

Orlando morreu sem saber de nada disso. Fomos casados por quarenta e dois anos, até que enviuvei num dia previsível como tudo mais com o Orlando. Ele avisou estou passando mal, fomos para a emergência, ele segurou a minha mão com força quando chegamos lá e morreu. Às vezes acho que não morreu em casa para não me dar trabalho, e pelo mesmo motivo não esperou que o internassem no hospital, que ligassem seu corpo a uma porção de aparelhos e tubos paliativos. Escolheu o momento mais conveniente para mim.

Depois da festa na casa na Glória, pedi demissão do emprego e fui morar com minha prima em Santa Cruz. Também não contei nada a ela.

Sentia uma vergonha maciça, meu corpo estava emporcalhado, eu lavava e ele não ficava limpo — logo eu, especialista em tirar manchas das roupas dos outros.

Botei o vestido cor-de-rosa dentro de uma lixeira. Queria esquecer o que tinha acontecido mas não conseguia. Queria esquecer a dor de quando Rubem se meteu dentro de mim, os gemidos dele, queria esquecer a voz dele e aquele rosto bonito e medonho, gosma e sangue escorrendo depois pelas minhas pernas. Mas não conseguia.

Minha prima atribuiu a gravidez a algum namoradinho que eu devia ter arrumado e à estupidez da menina da roça à solta no Rio de Janeiro.

Os pais não educam, é nisso que dá. Cadê o pai dessa criança?

Eu pedi a ela que deixasse o assunto de lado, a criança não tinha pai.

Você arrumou homem casado?

Não respondi. Eu queria ficar deitada e dormir por muitas horas e quando acordava queria virar para o outro lado e dormir de novo. Chorava muito. Quando o aborto espontâneo aconteceu, houve complicações, muita perda de sangue, fui parar no hospital. Tudo estava confuso para mim naquele momento, mas a confusão era bem-vinda, porque eu não queria conseguir pensar direito, pensar incomodava.

No hospital conheci Orlando. Quando ele me pediu em casamento e eu disse não posso mais ter filhos, ele disse não me importo. Nunca fez uma única pergunta sobre o que tinha acontecido na minha vida antes dele.

E então, anteontem, as rosas no meu aniversário — completamente fora de hora, fora de propósito. Muitos prédios e pontes se ergueram. Outros tantos vieram abaixo. Mas agora a mão do Rubem já não parecia ter forças para segurar a caneta. Suas letras no cartão eram um garrancho só.

Ele me desejava feliz aniversário. Dizia que tinha sido difícil encontrar o meu endereço. Dizia que precisava muito me ver. Estava doente e precisava muito me ver (rico acha que é assim, que basta precisar de alguma coisa e o resto do mundo que se vire). Dizia que estava de volta à mesma casa na Glória onde eu tinha trabalhado mais de cinquenta anos antes. Estava confinado ao leito. Eu faria a gentileza de ir visitá-lo?

Rasguei o cartão em muitos pedaços, até que não se pudesse mais identificar uma palavra da desfaçatez do Rubem. E as rosas: um estorvo. Se bem que flores são somente flores. Genuínas, de plástico ou de papel higiênico. Não têm culpa de nada, não é mesmo? Nas rosas que me mandou, o Rubem certamente nem botou os olhos, devia ter feito o pedido por telefone. Mandado alguém ir no florista comprar. Flores para ele, não para mim.

Agora sacolejo dentro do metrô. Levo comigo esta assombração que mora há décadas dentro do meu corpo. É para mostrá-la àquele homem agora confinado ao leito que desço na estação Glória, será? Que subo a ladeira da casa onde trabalhei faz mais de meio século? Poderia ter tomado um táxi, mas os rituais exigem que a gente faça tudo devagar e com cuidado.

Rosas! Um cartão! Um vestido cor-de-rosa bem rodado e bonito, um copo de ponche, dois, três. Minhas pernas ainda dão conta de subir a ladeira. Li no jornal a nota de falecimento do pai dele, depois da mãe, faz mais de vinte anos. Da Carmela e do Sôca nunca mais soube, duvido que ainda estejam vivos, eram mais velhos do que eu. Sôca, se estiver, deve ser um velhinho centenário.

Quem abre a porta para mim é uma moça de uniforme. Nós usávamos uniforme também, na nossa época. As cigarras agarradas nas árvores cantam do mesmo jeito, fiéis ao instinto, ao hábito, ao que quer que as faça cantar assim.

Basta colocar o pé dentro da casa para eu me dar conta de que não devia ter vindo. Não importa se dias ou se décadas depois, certas coisas doem e ponto, você deixa doer porque não tem outra opção, mas ir lá futucar a ferida é outra coisa. A gente às vezes pensa que é forte, que aguenta o tranco, ajeita a postura e se prepara, mas o mundo é invariavelmente mais forte. Quando a gente vence uma partida ou outra é porque o mundo deixou, como dizem que acontece com os jogadores nos cassinos. Mas ai de você se começar a achar que tem talento especial para o jogo.

Olho ao redor para a sala onde muitos dos objetos e a maior parte da mobília ainda são os mesmos. Contemplo os quadros, a longa mesa de jantar na outra sala. Os tapetes caros com os quais tínhamos de ser particularmente cuidadosas. Sei que devo dar meia-volta, sair pela mesma porta, descer a mesma ladeira para nunca mais. Mas a mocinha de uniforme volta em poucos minutos e me diz o doutor Rubem pediu para a senhora subir.

Já limpei todos os cantos dessa casa. Conheço os cômodos do avesso, as janelas, os rodapés, os azulejos dos banheiros, o corrimão da escada. A mocinha me leva até o quarto onde no meu tempo dormiam os pais do Rubem. A porta está entreaberta. Ela diz com licença e se vai, educada e transparente. Entre mim e o Rubem, uma fresta.

Encosto a mão na madeira pintada de branco, empurro devagar. Sobre a cama, apoiado num par de travesseiros, um desconhecido. Um cadáver, a bem da verdade. Que atesto ainda estar vivo quando ele gira o rosto devagar na minha direção.

Rosa, ele diz.

Eu me aproximo. Achei que seria fácil, depois entendi que seria difícil, mas nada teria me preparado para isso. Essa estranheza. Esse sentimento que não consigo chamar de raiva nem de medo e que portanto me dá ainda mais raiva e ainda mais medo.

Eu achei que você não vinha, ele diz, rouco.

Não respondo.

As cortinas pesadas são as mesmas. A cama onde ele está deitado morrendo é a mesma. Há um vago cheiro de hospital no ar. Em algum lugar da casa, imagino que uma enfermeira esteja tomando um cafezinho e trocando mensagens com alguém pelo celular até a hora da próxima medicação do doutor Rubem.

Ele ergue um braço magro e flácido que parece pesar muito e me indica uma poltrona ao lado da cama.

Senta, Rosa, a voz entupida dentro da garganta.

Não, obrigada.

Ele desvia os olhos.

Eu entendo, diz.

Entende o quê?

Mágoa. A sua mágoa.

Você não entende.

Demorei mais de meio século. Cinquenta e cinco anos! Mas quero te pedir desculpas.

Ele está tão magro, o volume do corpo debaixo das cobertas é ridículo. Um corpo mirrado e mole. Velho. Nenhum traço do nadador, do dançarino das festas, do homem viril e forte que —

Merda. Eu sabia. As lágrimas brotam como alguma coisa se espremendo para fora de mim e não há como contê-las. Merda. Eu me sento na droga da poltrona e noto, ridícula, que não estava aqui no meu tempo.

No meu tempo.

Não tenho por que disfarçar as lágrimas. Esse homem, esse Rubem, me olha com uma expressão que não conheço, tenho vontade de ir embora, de recolher a minha assombração de volta para dentro do estômago e correr com ela daqui.

Família, você tem?, pergunto, fungando e limpando o rosto com as mãos.

Separado. Dois filhos. Não moram no Rio.

Quanto tempo, ainda?, pergunto.

Semanas. Dias. Rosa, eu te mandei as rosas, ele começa a explicar.

Porque você está morrendo.

Silêncio.

Você mandou as rosas não foi para mim.

Foi. Foi para você.

Cinquenta e cinco anos de atraso.

Eu sei.

Não sabe! Não sabe de nada.

Eu imagino.

Não imagina.

Uma lágrima traça um caminho pelo rosto do Rubem, em câmera lenta, desde o canto do olho até o travesseiro.

Não, ele diz. Eu não imagino.

É claro, eu digo, mas minha voz mal sai, nem sei se ele escutou. Não importa.

Eu gostava de você, ele diz.

Não quero saber. Não me interessa.

Ele pigarreia. Alguma coisa granulada na garganta, que não cede.

Eu te chamei para te pedir desculpas, Rosa.

Levanto-me, vou até a janela. A vidraça que limpava semanalmente. Ficava dali contemplando a vista. A praia antes do aterro.

A buganvília cresceu. De repente alguma coisa se parte dentro de mim, alguma corda que vinha esticada, é como se metade dos meus músculos desse conta de si.

Eu me sinto tão cansada. Olho para o Rubem na cama. O movimento quase imperceptível do peito debaixo da coberta. Subindo, descendo. O estrago que a doença — nem sei que diabo de doença ele tem — fez nele. Os olhos parados e úmidos, buscando qualquer coisa no teto. O ar passando por entre os lábios mirrados.

Volto para a poltrona. Largo o corpo ali, preciso descansar.

Quando eu trabalhava aqui, digo a ele, eu fazia uma flor com a ponta do rolo de papel higiênico todas as vezes que terminava de lavar um banheiro. Minha prima tinha me ensinado.

Ele não diz nada. Nem sei se ele se lembra disso. Minhas flores de papel higiênico. Minha imagem de Santo Expedito. O dia em que dancei com ele na festa e bebi ponche e ele fez comigo o que não faria com nenhuma das outras moças ali presentes.

A vida é comprida demais, digo ao Rubem, e ele suspira, fecha os olhos. Ficamos os dois em silêncio ouvindo as cigarras lá fora, as cigarras agarradas nas árvores, anunciando o calor.

Li em algum lugar que certas espécies de cigarra cantam tão agudo que o ouvido humano não percebe. Estou pensando nisso quando desço a rua, mais tarde: pensando em tudo o que os meus ouvidos não escutam, em tudo o que os meus olhos não veem e a minha cabeça dura não entende. O Rubem me pediu desculpas, mas não é essa a minha glória. A minha glória, a que me faz abrir um sorriso neste rosto velho e enrugado, é só minha, e de mais ninguém.

Contos publicados anteriormente

"O enforcado" — *Rio Noir* (org. Tony Bellotto. Rio de Janeiro: Casa da Palavra, 2014). Foi também publicado em inglês.

"Aquele ano em Rishikesh" — *Granta 10: Medidas extremas* (Rio de Janeiro: Objetiva, 2012). Foi também publicado em inglês, espanhol e hindi.

"O sucesso" — *Entre as quatro linhas* (org. Luiz Ruffato. São Paulo: DSOP, 2014). Foi também publicado em inglês, espanhol, francês, alemão e finlandês.

"A mocinha da foto" (em versão anterior) — jornal *O Globo*. Rio de Janeiro: 16/02/2015.

"Oval com pontas" — *Contos que contam* (Lisboa: Centro Colombo, 2005 — projeto para o Instituto de Apoio à Criança). Foi escrito a partir de uma visita guiada por Rafael Cardoso à retrospectiva de Henry Moore no Paço Imperial, Rio de Janeiro, em 2005.

"Circo Rubião" — *Aquela canção* (São Paulo: PubliFolha, 2005). Foi escrito a partir da canção "Menina amanhã de manhã (o sonho voltou)", de Tom Zé e Perna, na voz de Mônica Salmaso.

"Feelings", "O escritor, sua mulher e o gato" e "Glória" são textos inéditos.

Agradeço aos organizadores das coletâneas citadas, e também a Mànya Millen, pelo convite para escrever um conto não carnavalesco para *O Globo* no carnaval de 2015, a Henrique Rodrigues, pelo convite Beatle, e a Arthur Nestrovski, por *Aquela canção*.

Agradeço imensamente aos participantes da oficina literária que promovi entre 2015 e 2016: com a sua companhia e o seu talento, eles foram um grande incentivo para que eu botasse as ideias em ordem e arrematasse este livro.

Obrigada ainda a Susana Fuentes (pelos papos que engendraram "Circo Rubião"), Mary Gershwin, Gabriel Bessler e Paulo Gurevitz, que também transitaram por estes contos.

"O escritor, sua mulher e o gato" foi inspirado em eventos da vida do filósofo André Gorz e de sua mulher Dorine.

ESTA OBRA FOI COMPOSTA PELA ABREU'S SYSTEM EM ADOBE GARAMOND
E IMPRESSA EM OFSETE PELA LIS GRÁFICA SOBRE PAPEL PÓLEN SOFT DA
SUZANO PAPEL E CELULOSE PARA A EDITORA SCHWARCZ EM JULHO DE 2016